U0530394

名家导赏版

契诃夫戏剧全集

没有父亲的人

6

Безотцовщина

Антон Павлович Чехов

安东·巴甫洛维奇·契诃夫 著

童道明 译

上海译文出版社

目 录

导读
王晓鹰　普拉东诺夫是个现代人 .... *I*

没有父亲的人 *1*
  人物表 *3*
  第一幕 *5*
  第二幕 *69*
  第三幕 *159*
  第四幕 *199*

* 导 读 *

普拉东诺夫是个现代人

王晓鹰

一

《普拉东诺夫》（又名《没有父亲的人》）是安东·巴甫洛维奇·契诃夫的戏剧处女作。契诃夫写下这部洋洋洒洒的超长剧作时年仅十九岁。

很长时间以来，《普拉东诺夫》这个戏一直在我们的视野之外，我们甚至不知道契诃夫还有这样一个剧本。而欧美的戏剧舞台却在五十年前就开始频繁地上演这出戏了。我第一次知道《普拉东诺夫》是一九八八年在第二十五届柏林戏剧节上，多特蒙德剧院的演出给我留下了非常深刻的印象。许多欧洲戏剧家认为，《普拉东诺夫》要比契诃夫其他几部作品更具有现代感，奥地利的一位剧评家说《普拉东诺夫》"能比十分之九的现代戏剧告诉我们更多的东西，因为这个剧本和每一个世界文学的杰作一样，具有超越时空的意义"。而《普拉东诺夫》剧本第一场中也有这样一段人物对话：

安娜 随便问一句,这位普拉东诺夫照您看来是个什么样的人?……

老格拉戈列耶夫 怎么对您说呢?照我看来,普拉东诺夫是现代不确定性的最好体现者……他是一部很好的但还没有写出来的现代小说的主人公……(笑)我理解的不确定性,就是我们社会的现代状态……他走进了死胡同,迷失了方向,不知道怎么立足,不明白……一切都是那样的混沌,混乱……照我看来,我们的绝顶聪明的普拉东诺夫,正是这种不确定性的体现者……

《普拉东诺夫》的中文版是童道明先生翻译的。童先生曾说:"《普拉东诺夫》是早晚要在中国舞台上演出的,晚演不如早演。而这部剧作的上演对于契诃夫戏剧在中国的演出史将是一个非常重要的事件。"

二○○四年,为纪念契诃夫逝世一百周年,为了以"永远的契诃夫"为主题语的中国国家话剧院首届国际戏剧季开幕演出,我第一次(也是迄今唯一一次)在中国排演了《普拉东诺夫》。

二

在德国看过《普拉东诺夫》以后,我一直对这个戏持有好奇的关注。读了童先生的中文译本以后，我大感意外于原作篇幅会有十五万字这么长！人物众多，线索复杂，还有大量无拘无束的独白、旁白，大大超出了一个剧本的容量。契诃夫后来剧作中的不少人物和情节，都可以从《普拉东诺夫》中看到雏形，比如将军夫人安娜被迫出售庄园这一情节，衍生出了后来的《樱桃园》；索菲娅总是因为不能改变生活而苦闷，向往着离开这儿去过新生活，非常像《三姊妹》；普拉东诺夫本人则兼有万尼亚舅舅和伊凡诺夫的影子；包括盗马贼奥辛普这个人物，也在契诃夫的短篇小说中不止一次出现。而且契诃夫在《普拉东诺夫》剧作中初现端倪的戏剧形态、戏剧风格、戏剧观念，也在他日后的创作中有明显的延续和发展。

普拉东诺夫的基本生活状态让我们有一种既陌生又熟悉的感觉，他的困惑不在于要在不同甚至对立的价值意义之间做艰难的生命选择，比如《萨勒姆女巫》中的人物面临的是：说谎就可以活下去，坚持诚实则要以生命作代价。这种选择虽然很艰难，但压力明确，指向也明确。普拉东诺夫的生命困惑在于，他不满意自己的生活，想改变生活，也有不少可能性，但他不知道生活的真正问题在哪里，搞不清楚自己真正想要的是什么，因而无法决定该往哪个方向走。在没有更多事情让他去体验生命价值的生活氛围里，他感受到的是一种莫名的无奈。他需要跟人打交道，同时又害怕跟人打交道；他的才智和情商使他很容易爱别的女人，而女人们更容易爱上他。他就像唐璜似的在女人中间周旋，可一旦真的面临一种选择，他又会退缩甚至逃避，这不是因为害怕，是因为他无法判断不同选择的价值所在。每每这时，他就开始困惑、自责甚至痛苦。

索菲娅是普拉东诺夫的同学，五年前的初恋情人，共同拥有对生活诗一样的追求和憧憬。然而五年之中两人分别成家，过起了平常乏味的生活。当他们再度相遇，彼此心中又燃起了激情的火焰。普拉东诺夫对索菲娅发动了疯狂的进攻，而索菲娅也将自己的爱情交给了普拉东诺夫，但这种交付不是因为爱情本身，而是索菲娅认为这种改变有可能给他们彼此的生活带来新的价值意义。可是普拉东诺夫没有力量走出这实质性的一步，他犹豫不决，他的视线又模糊起来，对于自己生命能否承受索菲娅的爱情缺乏信心……他不是有意识地去伤害和抛弃女人，而是他自己的生命冲动消失了！与此同时，当普拉东诺夫的婚外情发生时，他妻子强烈的痛苦反应也是普拉东诺夫所不能承受的，而将军夫人安娜的那份温馨且可依赖的感情对他更是个诱惑，他不知道自己该依附在哪一种感情之上，或归属到哪一种生活方式之上。他是很感性的人，也是很智慧的人，更有常人所没有的理性思考力和批判精神，但所有这些好像对他没有多少帮助。就像他自己所说的："我不想伤害任何人，但是我伤害了所有的人。"

在平淡的生活中迷失了灵魂的方向；在众多选择中却不知如何认定自我价值；困扰于自己的思想与行为、

理智与欲望的矛盾中；深知自己笑的背后是痛；看上去像是在爱情中挣扎，其实那远不仅是爱情……

《普拉东诺夫》让我感慨颇深，一方面感慨契诃夫在十九岁时竟然就拥有了那么不可思议的创作想象力，同时更强烈地感慨一个中学生写下的戏剧竟然同时包含着如此沉重的苦闷、迷茫和如此犀利的揶揄、嘲讽，由此透射出的痛楚、悲悯和祈愿的情感，让人难以想象这是出自一个那么年轻的心灵，就好像上天把人们通常只能从岁月沧桑和生命磨难中才能获得的感悟直接赋予了契诃夫……

三

与《万尼亚舅舅》《三姊妹》《樱桃园》等几个剧本相比，《普拉东诺夫》的悲剧色彩似乎要更浓一些，也许因为《普拉东诺夫》是契诃夫的第一部剧作，是他最初生命气质的体现。契诃夫后期的作品更侧重于生命的忍辱负重，他不再用死亡去作为结束，死亡毕竟解决不了问题，生活下去，面对生活，才有可能改变，所以活着比死亡更需要勇气。比如在《三姊妹》中，契诃夫想表达的悲观是当下的生活无法让生命满意，新的生活和新的希望都存在于戏的情境之外，或者戏结束之后。他不会在剧情中表现出人物摆脱痛苦、获得新生的快乐，他很忠实于自己的感受。但他有一个信念，生命应该是美好的，不是悲观的。三姊妹中的奥尔加说："我们现在的苦痛，一定会化为后代人们的愉快……"她们寄望于很多年以后的人们能够理解她们的痛苦，以及在痛苦中感受到的快乐。

这就是爱弗罗斯所说的："反映契诃夫全部世界观的那种情绪，他怀着这种情绪好像是在回顾个人所走过的生活道路，回顾春天的欢乐，回顾幻想的不断破灭，但对未来仍然寄予某种不可动摇的信心，这情绪反映了收入作者日记本的许许多多的回忆，正是这种情绪构成了全剧的潜流，它将替代陈旧了的舞台剧情。"

米哈尔科夫在评价契诃夫的作品时曾说："契诃夫的惊人天才在于，当他讲自己的时候，我们仿佛觉得这也是在说我们，他对自己笔下人物有时很严厉，但从不把他写的人物和他自己分开。"契诃夫与莎士比亚的不同之处正在于此。契诃夫讲述的是他自己熟悉的、非戏剧化的生活内容，而他的讲述方式也是营造自己熟悉的、非戏剧化的生活形态。当契诃夫力图在这种讲述中深入细致地揭示这种生活所蕴涵的精神层面的内容时，他借助的不是强烈的情节性戏剧冲突。他营造的戏剧氛围看上去平实自然、波澜不惊，整个戏剧结构像是日常的流程，人物的生活好像在双重轨道中进行，每个人都以自己的部分心灵参与共同生活，而他们内心中最珍贵和最重要的东西却好像是多余而无用的。正是这种双重的生活过程，使得人物在貌似平静的外部生活之下，潜藏着汹涌澎湃的内心困惑和精神苦闷。于是契诃夫为我们创造了带有鲜明个人标签的全新的戏剧美感——"潜流",生活自然流程之下情绪的、心灵的潜流。

多年来在国外观剧的经历,让我注意到一个以前不曾想到的现象,在欧洲、美国甚至包括日本的戏剧舞台上,被上演最多的经典剧作者首先是莎士比亚,其次就是契诃夫。契诃夫的剧作能有如此巨大的跨越时代和国界的影响力,也许就在于这独特而又颇具普遍意义的"潜流"。

我在国外的观剧经历中还发现,西方舞台上演经典剧作家的作品时,从剧本改编、人物造型到整个演出的视听形象设计,通常都会做全新的形式处理,或当地化,或当代化,或抽象化,唯有上演契诃夫的剧作(不是改编契诃夫小说的演出),大家不约而同地几乎都保持了契诃夫原有的美质和格调——俄罗斯式的建筑和衣着、或实或虚的白桦林,尤其是表面闲散悠然的生活场景、潜藏淡淡哀愁的情绪气氛等,让人一看便知是"契诃夫"。其实这个现象也不难理解,如果契诃夫戏剧最重要的意义在于生命的"潜流",那么它的现代性也正在于这个"潜流",于是太过张扬显露的演出处理就在根本上与契诃夫戏剧格格不入了。

四

契诃夫在二十岁时染上了肺病,之后很长的生命过程都是在忍受痛苦和面对死神的心境中度过的，有人说是这种生活心境影响了他作品的情绪，令他的人物总是沉浸在困惑与苦闷当中，他的文字总是饱含忧郁和哀愁。这种说法当然有其道理，但我想也许不是这种病导致了他生命中的苦闷，我宁可相信是他的这种生命气质导致了他的这种病，依据之一是契诃夫在染上肺病前一年写的《普拉东诺夫》。

我认为契诃夫式的苦闷源自杰出和敏感的心灵。当一个人更多地为现实生存挣扎拼搏或者为生死抉择经受人格拷问时，他心中所积郁的不会是契诃夫式的苦闷。契诃夫笔下的知识分子都非常杰出且敏感，有着很高的智商和情商，他们都在衣食无忧的状态下生活，并没有外部困境、外部冲突的强烈压力，当然更谈不上战争或灾难带来的生活动荡。在这样的情境之中，他们有条件、有机会真切而清晰地体验自己灵魂深处非常微妙的疼痛和震颤。也可以这样说，当外部冲突相对淡化时，人们更有可能产生自我反省的苦闷。在当代世界舞台上，契诃夫的话剧之所以越来越多地被上演，也许跟西方都市人群特别是中产阶级的生活状态、精神状态有直接关系，在殷实、安定的外部生活表象之下，人们的精神生活与契诃夫所表达的那种苦闷产生了呼应和共鸣。

困惑与苦闷固然不是生命的出路，却是一种高级的精神境界，其间包含着生命的理性和自觉。契诃夫不是革命者，也不是社会活动家，作为一个资产阶级知识分子，他并不怀有资产阶级的革命激情和社会理想，他不知道用什么方式改变眼前的生活，也没有试图去寻找答案。契诃夫是一个真正意义上的人道主义者，他首先对人、对生命本身充满了敬意，认为人应该是美好的，而生活也应该是美好的。面对眼前不那么美好的、平庸的甚至乏味的、令人沮丧的生活，人们仍然坚韧地活着，怀着对未来生活的企盼，尽管那企盼很不实际甚至很不真实，但契诃夫笔下的人物就在这样的状态下放射出生命的光辉。三姊妹向往着去莫斯科，但那不是一个实实在在的改变命运的路径；万尼亚舅舅的精神支柱坍塌了，可他继续生活下去的勇气还在……这是一种信念，一种支撑人们平凡而勇敢地面对生活的信念。

契诃夫的大部分剧作都将人物的生活场景放置在一个庄园之中，伊凡诺夫庄园的花园、索林庄园的花园、谢列勃里雅科夫庄园、郎涅夫斯卡雅的庄园等，好像他有着一种庄园情结。我想契诃夫喜欢的也许不是庄园本身，而是一种封闭、压抑的氛围和情境。他的戏剧冲突通常不是建立在人物与人物之间，而是建立在人物及其生存情境之间，也就是这种生存状态和人物感受到的苦闷之间的矛盾。这已经很像存在主义的戏剧了。

五

我在排演《普拉东诺夫》时痛下狠手，删减了普拉东诺夫与其他人物的纠葛，让戏集中围绕"一个男人和四个女人"的故事展开情节。我认为正是剧中四个女人开掘出了普拉东诺夫四个方面的心理内容和生命感受。这四个女人都非常值得爱，但普拉东诺夫的悲剧在于他太不简单，他不能接受单一某一个人的爱情。每一个女人对他都有深刻的影响：妻子对他的关爱；安娜对他的理解；索菲娅给予他火一般的激情；格列科娃给了他生命最后时刻的慰藉……这几个人物在跟他的关系里，还扮演着不同角色：妻子、母亲、情人、妹妹。最终没有一个女人的生命能够承载普拉东诺夫这么多的感受。

　　演出中的第一幕第九场，普拉东诺夫在回答索菲娅"是什么妨碍您成为一个为某种思想效力的人"的问题时，曾这样调侃自己："怎么对您说呢？是的，什么也妨碍不了我……能妨碍什么呢？（笑）……我是一块平放着的石头。平放的石头天生要妨碍别人……"这其中的智慧和玩世不恭隐含着一种伤感，一种自己只是一块"对生活、对他人有害无益的石头"的深深的伤感。说到此时，我让我们的普拉东诺夫发出很怪异的笑声，同时让在场的其他人也渐次随之笑起来，特里列茨基、安娜、谢尔盖、老格拉戈列耶夫、布格罗夫、索菲娅，他们直笑到前仰后合、喘不上气，而在大家笑得最疯狂的时候，普拉东诺夫却已经停下笑声陷入沉默，随后所有人都沉默了，好像每个人都在感受着自己是不是一块无用的"平放的石头"，在远处隐隐飘来的俄罗斯民歌声中，这个停顿持续了近半分钟。我希望这样的反差处理能接近契诃夫想要的"潜流"。

我们设计的演出空间不是完全写实的，舞台有些许倾斜，其间没有更多俄罗斯式家具，只有各种各样的木质"座位"，三人椅、双人椅、单人椅、摇椅、林间木椅、小方凳……既构成所有的生活环境，也暗示每个人的"人生位置"。其中有一个造型怪异的菱形木椅显得尤为特别，而且它几乎为普拉东诺夫专用，其他座椅随着演出的进程越来越少，直至没有，它却始终存在并越来越显得孤傲、无助、形单影只，于是它便越来越成为普拉东诺夫性格形象乃至内心世界的对应物，成为一个意象。

戏临近结尾时，普拉东诺夫在格列科娃怀里得到了最后的却是没有实际意义的安慰，他梦呓般喃喃地说："……我疼……普拉东诺夫在痛……我爱，谁都爱……等到身体好了，我再腐化……现在我理解那个挖去自己眼睛的俄狄浦斯王了……我多么卑鄙，又是多么深切地知道自己的卑鄙！请离开我！不值得的……我是病人。"而恰在此时因被普拉东诺夫伤害而疯狂暴怒的索菲娅开枪打死了他，普拉东诺夫的最后一句话竟是"谢谢……"。

普拉东诺夫死后所有剧中人都出场了，他们伫立四周，默默地看着倒伏在地的普拉东诺夫，背景上出现了一张巨大的、没有表情的、如石膏塑像般的面孔，那个曾多次出现的隐隐飘来的俄罗斯民歌声又轻轻响起，整个场面传达出一种静静的反省信息。这样的非生活化的"停顿"、这样的象征意味的"潜流"，原本并不是契诃夫所写的，但我想也许是他乐于看到的。

六

眼看着普拉东诺夫死在面前,特里列茨基有一句耐人寻味的话:"我们没有保护好普拉东诺夫……"听起来好像每个人都对普拉东诺夫的死负有责任,其实也的确可以这样解释。英国诗人约翰·邓恩有一句著名的诗句:"不要问丧钟为谁而鸣,它就是为你敲响。"如果从每个人的生命意义彼此相连这一点上来看,普拉东诺夫是有普遍意义的,他的杰出和敏感,使得他就像人类这个有机整体的神经末梢,先于我们也强于我们感受着、承担着属于我们大家的精神苦闷。

原剧本中特里列茨基后面还有一句台词:"把死人埋葬,把活人治好。"这本来不是全剧的最后一句话,我把后面所有的对话都删了,用这句结尾,也突出了这句话的象征含义。契诃夫是个医生,他的戏里经常有一个医生的角色,特里列茨基就是个医生,但是他早已不知道如何给病人开药方了,就像契诃夫也不知道如何给生活开药方一样。但是特里列茨基和契诃夫都清楚地知道,人的现状不那么健康,生活现状也不是应该的样子。

在几十年前的中国,人们对契诃夫的剧作内涵的体会肯定不如今天这么深。因为中国人长期以来缺少富足,缺少悠闲,缺少衣食无忧,尤其缺少优雅的、高品位的、敏感细致的情怀。其实就中国目前的生活状态,理解契诃夫也还是有阻隔的,因为我们现在虽然有了富足,有了悠闲,却仍然缺乏优雅情怀。何止是缺乏,我们的心浮气躁和追逐实利对于优雅情怀根本就是一种扼杀！由于无法沉静下来去细致地品味人生和深入地反省生命，我们很难享有契诃夫式的苦闷。当然这样的接受难题只是指大众娱乐层面的，并不能降低契诃夫戏剧本身对于当代中国的文化价值。也许恰在这样的时候，上演契诃夫戏剧倒十分有意义，间接进入契诃夫式的情感体验之中，对于观众和我们自己可能都会是一种精神的梳洗陶冶。上演契诃夫的戏可以说是为现代人树立了一面精神的镜子，透过契诃夫笔下的人物也许可以隐约看到我们自己。

事实上，在中国版的《普拉东诺夫》排练演出期间，我们经常会听到有人说："普拉东诺夫太像我自己了！"

普拉东诺夫是高贵的还是卑劣的？是悲剧性的还是喜剧性的？会给人带来哭泣还是嬉笑？该同情他还是鄙视他？十九岁的契诃夫让今人无所适从，而《普拉东诺夫》的现代性也许正在于此。我们所处的时代距离契诃夫已十分遥远，可是我们内心的感受却距离"普拉东诺夫"越来越近，我们也许在重新认识契诃夫的同时，也需要重新认识自己。

没有父亲的人[*]

四幕剧

* 又译"普拉东诺夫"。

人物表

安娜·彼得洛芙娜·沃依尼采娃——年轻的寡妇,将军夫人。

谢尔盖·帕甫洛维奇·沃依尼采夫——沃依尼采夫将军前妻的儿子。

索菲娅·叶戈洛芙娜——谢尔盖·帕甫洛维奇的妻子。

波尔菲里·谢苗诺维奇·格拉戈列耶夫(老)——地主,邻居。

基里尔·波尔菲里耶维奇·格拉戈列耶夫(小)——地主,邻居。

格拉辛姆·库兹米奇·彼特林——地主,邻居。

巴维尔·彼得洛维奇·谢尔博克——地主,邻居。

玛丽雅·叶菲莫芙娜·格列科娃——二十岁的姑娘。

伊凡·伊凡诺维奇·特里列茨基——退休上校。

尼古拉·伊凡诺维奇·特里列茨基——伊凡的儿子,医生。

阿勃拉姆·阿勃拉莫维奇·维格罗维奇(老)——有钱的犹太人。

伊萨克·阿勃拉莫维奇·维格罗维奇(小)——阿勃拉姆的儿子,大学生。

季莫菲·戈尔杰耶维奇·布格罗夫——商人。

米哈依尔·瓦西里耶维奇·普拉东诺夫(米沙)——乡村教师。

阿历克山德拉·伊凡诺芙娜(沙萨)——普拉东诺夫的妻子。

奥辛普——三十岁的小伙子，盗马贼。

马尔科——民事法庭的文书，一个瘦老头。

瓦西里——沃依尼采夫家的仆人。

雅可夫——沃依尼采夫家的仆人。

卡嘉——沃依尼采夫家的仆人。

客人们，用人。

故事发生在南部一个省份的沃依尼采夫家的庄园里。

第一幕

沃依尼采夫家的客厅。一扇玻璃门,通向花园,两扇门通向卧室。新式和老式的家具杂陈。一架钢琴,钢琴旁有乐谱架,上边放着一把小提琴和乐谱。一架簧风琴。墙上有几幅镶着金黄色框架的油画。

一

安娜·彼得洛芙娜坐在钢琴前,头朝琴键前倾。尼古拉·伊凡诺维奇·特里列茨基上。

特里列茨基 (走向安娜·彼得洛芙娜)怎么啦?
安娜 (抬起头来)没有什么,有点寂寞……
特里列茨基 我的天使,给支烟抽!特想抽烟。今天还没有抽过一支烟呢。
安娜 (给他一包烟)多拿些,免得再找烟。
　　〔两人抽烟。

特里列茨基 好寂寞啊！无事可做，很不开心……我不知道该怎么办……

［特里列茨基拉住她的手。

安娜 您是给我把脉？我没有病……

特里列茨基 不，我不是给你把脉，我亲一口……（吻她的手）吻您的手，就像是吻糖果……您是用什么洗手的？你的手这么嫩！迷人的手！还想吻吻。（吻她的手）下盘棋好吗？

安娜 来吧……（看表）十二点一刻……我们的客人也许肚子饿了吧……

特里列茨基 （摆开棋盘）也许。至于我，快饿坏了。

安娜 我问的不是您……您像是吃不饱，哪怕不停地吃东西……（坐在棋盘前）您先下……已经下了……先要想想，然后再下子……我下这儿……您永远吃不饱……

特里列茨基 您这么走棋……真的……我饿了……我们快吃午饭了吗？

安娜 我想不会很快……厨师因为我们的到来，喝醉了酒，现在还没有缓过来。早饭马上就有。真的，尼古拉·伊凡诺维奇，您什么时候才能吃饱？吃啊，吃啊……总也吃不够！这多可怕！人很瘦小，胃倒那么大！

特里列茨基 是的！真奇怪！

安娜 你跑进我的房间，没有征得我的同意，还把半个蛋糕吃了！您知道吗？那不是我的蛋糕！你多讨厌！

走棋吧!

特里列茨基 我什么也不知道,我就知道如果我不把它吃了,它就要发霉了。您这么走?可以……而我走这一步……如果我吃得多,说明我很健康,而如果我健康,那么请允许我说句拉丁文格言……健康的精神是在健康的身体里。您为什么苦思冥想?亲爱的,下子吧,别想了……(哼唱)我想告诉您……

安娜 别唱了……您妨碍我思考。

特里列茨基 很可惜,像您这么聪明的女人,竟然对美食一无所知。谁不会享受美食,谁就是个有缺陷的人……在精神上有缺陷的人!……因为……听我说……这样不行!不能这么走棋!咦?您往哪走?啊,这就是另一回事了。因为味觉在人的机体里与听觉、视觉占有同等的地位,也就是说,它属于人的五种感觉,是人的心理领域的一部分。心理!

安娜 您像是想说笑话……我亲爱的,别说笑话!这与您的身份不合……您发现了没有?您说笑话的时候,我无动于衷。

特里列茨基 该您走了,阁下!……别把马丢了。别笑话我,因为您不明白……是这样……

安娜 看什么?该您走棋了!您怎么想的?您的那位"她"今天会来我们这儿做客吗?

特里列茨基 答应要来的。

安娜 那她也该来了。十二点多了……请允许我提一个敏感的问题……您和她的关系是"不过如此"还是很认真的?

特里列茨基 您指什么?

安娜 说真话,尼古拉·伊凡诺维奇!我不是因为听了流言才问您的,我是出于对朋友的关心……这位格列科娃对于您意味着什么?您对于她又意味着什么?说真话,不要说笑话,好吗?真的,我是出于朋友的关心才问您的……

特里列茨基 她对于我意味着什么?我对于她意味着什么?我现在还说不清……

安娜 至少……

特里列茨基 我去看望她,聊聊天,喝她妈妈的咖啡……就这些。该您走棋了。应该对您说,我隔天去见她一次,有时每天都去,和她沿着幽暗的林荫道散步……我跟她讲讲我的事,她跟我讲讲她的事,她还用手摸我的这个纽扣,从我的衣领上拍掉绒毛……我身上常有绒毛。

安娜 还有呢?

特里列茨基 没有了……很难说,究竟是什么吸引着我去她那儿。或者是因为寂寞,或者是因为爱情,或者是别的什么原因,我说不好……我只知道,一吃过午饭就特别想她……后来得知,她也同样想我……

安娜 是爱情?

特里列茨基 (耸耸肩)很可能。您怎么想的,我爱她还是不爱她?

安娜 还要问我!您知道得更清楚……

特里列茨基 唉！……您不理解我！……该您走棋！

安娜 我走。尼古拉，我真不明白！在这个问题上，女人很难理解您……（停顿）

特里列茨基 她是个好姑娘。

安娜 我喜欢她，很聪明的姑娘……只是有一点，朋友……别做对不起她的事！……您有这个毛病……您爱胡说八道，您会花言巧语，但都停留在口头上……我会可怜她的……她现在做什么？

特里列茨基 在读书……

安娜 还在研究化学吧？（笑）

特里列茨基 大概是的。

安娜 挺好的姑娘……小心点！您的衣袖把棋子碰倒了！我喜欢这位鼻子尖尖的姑娘！她会成为一位不错的科学家的……

特里列茨基 她看不见路，可怜的姑娘！

安娜 尼古拉，这样吧……您请玛丽雅到我这里来走动走动……我与她认识认识……我不是想当中间人，而仅仅是……我与您一起来了解了解她，然后或者是把她放了，或者是让她知道……但愿……（停顿）我觉得您还是个毛头孩子，所以想干预你们的事情，您该走棋了。我的建议是，或者完全不要打扰她，或是和她结婚……只是结婚，但……到此为止！万一您真想结婚，最好先仔细想想……需要从各个方面来考察她，而不是只看表面，要反复思考，反复掂量，免得以后哭鼻子……您听了吗？

特里列茨基 我听着呢……

安娜 我知道您,您干什么都不动脑子,您结婚也不动脑子。只需要有个女人手指朝您一指,您就神魂颠倒。应该和朋友们多商量……是的……别太相信自己的笨脑瓜。(敲桌子)这就是您的脑瓜!(打口哨)打口哨,我的妈!脑子不少,但不管用。

特里列茨基 打口哨,像个庄稼汉!这个女人不简单!(停顿)她不会到您这儿来的。

安娜 为什么?

特里列茨基 因为普拉东诺夫是您的常客……自从他那次胡言乱语之后,她就不能再容忍他。他以为她是个傻女人,这种想法深入到了他的脑袋里,现在谁也不能改变他的看法! 他以为自己有权纠缠傻女人,给她们制造各种麻烦……但她难道是傻女人?他还能了解人!

安娜 这是小事。我们不会让他放肆的。您告诉她,她不必担心。但普拉东诺夫为什么老不露面? 他是该到这里来了……(看表)他失礼了。半年没有来了。

特里列茨基 我到您这儿来的时候,经过学校,学校的门窗都关着。他可能还在睡觉。这个坏蛋! 我自己也好久没有见到他了。

安娜 他健康吗?

特里列茨基 他一直很健康,活得好好的!

〔老格拉戈列耶夫和沃依尼采夫上。

二

除第一场的人物外,还有老格拉戈列耶夫和沃依尼采夫。

老格拉戈列耶夫 (走进房门)亲爱的谢尔盖·帕甫洛维奇,从这个方面说,我们这些快要落山的太阳要比你们那些刚刚升起来的太阳更加幸福。男人没有输,女人还赢着。(坐下)咱们坐着,要不我就累了……我们像最出色的骑士那样爱女人,相信女人,崇拜女人,因为我们看出女人是好人……而女人真是好人,谢尔盖·帕甫洛维奇!

安娜 为什么耍赖?

特里列茨基 谁耍赖?

安娜 谁把这个棋子摆在这里的?

特里列茨基 是您自己摆的!

安娜 噢……对不起……

特里列茨基 对不起。

老格拉戈列耶夫 我们也有朋友……我们那个时候的友谊不像今天这样幼稚和无所谓,我们那个时候有联谊会……为了朋友可以赴汤蹈火。

沃依尼采夫 (打哈欠)那是个英雄的时代!

特里列茨基 而今我们这个可怕的时代,只有消防队员才往火里跳。

安娜 尼古拉,别说傻话!(停顿)

老格拉戈列耶夫　去年冬天我在莫斯科看歌剧，看到一个青年人被美好的音乐感动得流泪……这很好吧？

沃依尼采夫　那当然是好。

老格拉戈列耶夫　我也这么认为。但为什么坐在他旁边的先生小姐们要朝着他笑呢？他们笑什么？而那个青年人发现旁边的人看见了他的眼泪，自己也不安起来，脸也红了，露出了一个尴尬的笑容之后，走出了剧院……在我们那个年代，人们是不会为善良的眼泪害羞的，也没有人嘲笑别人的眼泪……

特里列茨基　（向安娜·彼得洛芙娜）我受不了这种故作深沉的甜言蜜语！非常讨厌！刺耳朵！

安娜　小声……

老格拉戈列耶夫　我们比你们幸福。在我们那个时候，音乐爱好者不听完歌剧是不会离开剧院的……谢尔盖·帕甫洛维奇，您打哈欠……我折磨你了……

沃依尼采夫　不……波尔菲里·谢苗诺维奇,您作个总结吧！是时候了……

老格拉戈列耶夫　唉！诸如此类，不一而足……如果现在要对我所说的作个总结，那就是：在我们那个时候，有爱着的人和憎恨的人，因此，也有愤怒的人和蔑视的人……

沃依尼采夫　说得好，但难道在我们今天就没有这样的人？

老格拉戈列耶夫　我想没有。

　　〔沃依尼采夫站起，走向窗户。

老格拉戈列耶夫 缺乏这些有血气的人就造成了现代的社会病……(停顿)

沃依尼采夫 言重了,波尔菲里·谢苗诺维奇!

安娜 受不了啦!他身上的香水味道,让我喘不过气来。(咳嗽)您往后挪挪!

特里列茨基 (往后挪动)自己要输棋了,向可怜的香水出气,奇怪的女人!

沃依尼采夫 罪过,波尔菲里·谢苗诺维奇,仅仅凭借一点猜测和对于往日青春的眷念就提出责难!

老格拉戈列耶夫 可能,我错了。

沃依尼采夫 可能……在这种场合来不得"可能"……责难是很严肃的!

老格拉戈列耶夫 (笑)但……您不要生气,我亲爱的……嗯……单是这一点就可证明,您不是个骑士,您不擅于怀着应有的尊重对待不同观点。

沃依尼采夫 单是这一点就可证明,我也会愤怒。

老格拉戈列耶夫 谢尔盖·帕甫洛维奇,我不是说所有的人……也有例外!

沃依尼采夫 那当然……(向他鞠躬)非常感谢您的让步!您的言行的全部美妙之处就在这些让步上。但要是您碰上没有阅历的、不了解您的人,该是什么结果?其实您完全有可能让他相信,我们,也就是我,尼古拉·伊凡诺维奇,还有我后妈,也就是多少还算年轻一点的人,是不善于憎恨与蔑视其他人的……

老格拉戈列耶夫 但是……我没有说……

安娜　我想听波尔菲里·谢苗诺维奇发表言论,别下棋了!够了!

特里列茨基　不,不……还是请您一边下棋,一边听!

安娜　够了。(站起)过一会再下完它。

特里列茨基　要是我的棋局不妙,她就坐着,纹丝不动,而一当我快赢了,她就想听波尔菲里·谢苗诺维奇说话了!(向老格拉戈列耶夫)谁请您发表言论的?只是妨碍别人下棋!(向安娜·彼得洛芙娜)请坐下来继续下棋,否则我就认为你输了棋!

安娜　您就这么认为吧!

　　[坐到老格拉戈列耶夫对面。

三

上一场的人物和老维格罗维奇。

老维格罗维奇　(进屋)真热!这样的大热天让我这个犹太人想起巴勒斯坦。(坐在钢琴前,弹了几下琴键)听说,那边特别热!

特里列茨基　(站起)那我们记上账。(从口袋里掏出一个笔记本)那我就记上了,善良的女人!(记录)将军夫人欠三卢布……再加上次所欠,一共十个卢布。好!我什么时候可以拿到这钱?

老格拉戈列耶夫　哎嘿,先生们,先生们!你们没有见过从前的时光！否则就不会这样……就会明白了……（叹气）你们不明白！

沃依尼采夫 大概，文学与历史更看重我们的信仰……波尔菲里·谢苗诺维奇，我们虽然没有见过从前的时光，但我们能够感觉到它。我们能够常常在这里感觉到它……（敲敲自己的后脑勺）但您看不见也感觉不到今天的时光。

特里列茨基 您是记账还是现在就付钱？

安娜 别这样！您不让我安心听讲！

特里列茨基 您听什么？他们会一直聊到晚上！

安娜 谢尔盖，给这个家伙十个卢布！

沃依尼采夫 十个卢布？（掏钱）给您，波尔菲里·谢苗诺维奇。咱们换个话题吧……

老格拉戈列耶夫 如果您不喜欢，可以换个话题。

沃依尼采夫 我很喜欢听您说话，但不喜欢听侮辱性的话……

〔给特里列茨基十个卢布。

特里列茨基 谢谢。（拍了一下老维格罗维奇的肩膀）就应该在这个世界上这样生活！把一个毫无思想准备的女人请来下棋，再毫不客气地赢她十个卢布。怎么样？有点能耐吧？

老维格罗维奇 有点能耐。您是真正的耶路撒冷的贵族！

安娜 别胡说了，特里列茨基！（向老格拉戈列耶夫）波尔菲里·谢苗诺维奇，女人是好人吗？

老格拉戈列耶夫　是好人。

安娜　看来,您是个女人迷,波尔菲里·谢苗诺维奇!

老格拉戈列耶夫　是的,我喜欢女人。安娜·彼得洛芙娜,我崇拜她们。我从她们身上看到,我所喜欢的一切:心……

安娜　您崇拜她们……但她们值得您崇拜吗?

老格拉戈列耶夫　值得。

安娜　您坚信这一点?还是只是强迫自己这么想?

〔特里列茨基拿起小提琴,用弓弦弹拉。

老格拉戈列耶夫　我坚信。单靠对您的了解,我就能坚信这一点……

安娜　当真?您身上像是有种特别的气质。

沃依尼采夫　他是个浪漫主义者。

老格拉戈列耶夫　可能……那有什么?浪漫主义不是件坏事。您赶跑浪漫主义……这很好,但我担心您同时也赶跑了另外的什么……

安娜　我的朋友,您别引起争论。我不会争论。赶跑了什么也罢,没有赶跑什么也罢,我反正变得聪明了,感谢上帝!波尔菲里·谢苗诺维奇,变得聪明了吗?而这是主要的……(笑)要是人变得聪明了,其他的事就迎刃而解了……啊!尼古拉·伊凡诺维奇,别胡拉了!把小提琴放下!

特里列茨基　(挂起小提琴)很好的乐器。

老格拉戈列耶夫　普拉东诺夫有一次说得很妙……他说,我们让妇女变聪明了,而我们在让妇女变得聪明的同时，我们自己连同妇女一起跌进了泥潭里……

特里列茨基 （大笑）可能是他过生日……说多了……

安娜 他是这么说的？（笑）是的，他喜欢发表这类言论……他口才好……随便问一句，这位普拉东诺夫照您看来是个什么样的人？是英雄还是不是英雄？

老格拉戈列耶夫 怎么对您说呢？照我看来，普拉东诺夫是现代不确定性的最好体现者……他是一部很好的但还没有写出来的现代小说的主人公……（笑）我理解的不确定性，就是我们社会的现代状态；俄罗斯的小说家能感觉到这个不确定性。他走进了死胡同，迷失了方向，不知道怎么立足，不明白……很难理解这些先生！（指了指沃依尼采夫）非常糟糕的小说，冗长，琐碎……也不智慧！一切都是那样的混沌，混乱……照我看来，我们的绝顶聪明的普拉东诺夫，正是这种不确定性的体现者。他身体健康吗？

安娜 听说健康。（停顿）

他是个挺有才能的人……

老格拉戈列耶夫 是的……不尊敬他是罪过。冬天的时候我去看望过他几次，永远不会忘记和他在一起的那些短暂的时刻。

安娜 （看表）他也该来了。谢尔盖，你叫人去请他了吗？

沃依尼采夫 请了他两次。

安娜 先生，你们都在撒谎。特里列茨基，劳驾您去叫雅可夫再请他一次！

特里列茨基 （伸伸腰）是去让他们摆餐桌？

安娜 这我自己去安排。

特里列茨基 （走到门口，与布格罗夫撞个满怀）瞧您喘着粗气，像个火车头，商人一个！（指了一下肚子，走下）

四

安娜·彼得洛芙娜，老格拉戈列耶夫，老维格罗维奇，沃依尼采夫和布格罗夫。

布格罗夫 （走上）呜嘿！真热！要下雨了。

沃依尼采夫 您从花园来？

布格罗夫 是从花园来……

沃依尼采夫 索菲娅在那儿？

布格罗夫 哪个索菲娅？

沃依尼采夫 我的妻子，索菲娅·叶戈洛芙娜！（原作手稿在此脱漏一页）

老维格罗维奇 我去一下……（走向花园）

五

安娜·彼得洛芙娜，老格拉戈列耶夫，沃依尼采夫，布格罗夫，普拉东诺夫和沙萨（穿着俄罗斯服装）。

普拉东诺夫 （在门口对沙萨说）来！年轻的女士，请进！（和沙萨上）我们总算出来了！沙萨，向夫人施礼！夫人，您好！（走近安娜·彼得洛芙娜，吻她的两只手）

安娜 残酷的人……能让我们这么长久地等待您吗？您也知道，我是个急性子。亲爱的阿历克山德拉·伊凡诺芙娜……（和沙萨拥抱）

普拉东诺夫 我们总算出来了，先生们，你们好！六个月来我们没有看到镶木地板、沙发、椅子、高高的天花板，甚至还有人……整个冬天我们沉睡在熊窝里，像熊一样，只是在今天才爬上了上帝的世界！谢尔盖·帕甫洛维奇，您好！（和沃依尼采夫拥抱）

沃依尼采夫 长高了，长胖了……天晓得……阿历克山德拉·伊凡诺芙娜！您胖了！（握沙萨的手）身体好吧？变漂亮了，也丰满了！

普拉东诺夫 （握老格拉戈列耶夫的手）波尔菲里·谢苗诺维奇……见到您很高兴……

安娜 生活得怎么样？阿历克山德拉·伊凡诺芙娜？大家都坐下吧，先生们！您倒说说呀……我们坐下！

普拉东诺夫 （大笑）谢尔盖·帕甫洛维奇！这是他吗？一头长发到哪去了？别致的上衣，甜美的男高音到哪去了？咳，您倒说点什么呀！

沃依尼采夫　我犯傻了。（笑）

普拉东诺夫　男低音,标准的男低音！呶？我们坐吧……波尔菲里·谢苗诺维奇,靠近一点！我坐下了。（坐下）请坐,先生们！唷……好热……沙萨,你干什么！在闻什么？

　　［大家坐下。

沙萨　我是在闻。（笑）

普拉东诺夫　有人肉味。好气味！我以为,我们已经有一百年没有见面了。要知道,这个冬天拖了那么长！看,这就是我的那把椅子！沙萨,你认得出来吗？六个月前,我整天整夜坐在这把椅子上,与将军夫人探讨一切根源的根源,而且输掉了您不少银子……热得很……

安娜　我等急了,忍耐不住了……您身体好吗？

普拉东诺夫　身体很好……应该对您说,夫人,您胖了些,也更漂亮了……今天很闷热……我已经要期待冬天了。

安娜　他们两个人都胖了！多么幸福的人！米哈依尔·瓦西里耶维奇,生活得怎么样？

普拉东诺夫　照例不好……睡了整整一个冬天,六个月没有见到天空。喝酒,吃饭,睡觉,给妻子读里德[1]的小说……不好！

沙萨　生活得不错,就是寂寞……

---

[1] 梅恩·里德（Mayne Reid,1818—1883）,英国通俗小说家。

普拉东诺夫 我的宝贝,不是寂寞,而是非常寂寞。太想念您了……现在我的眼睛多舒服!安娜·彼得洛芙娜,经过了长时间的让人难以忍受的孤寂之后,又看见了您,这是不敢奢望的幸运!

安娜 奖给您一支烟!(给他一支烟)

普拉东诺夫 谢谢。

　　[抽烟。

沙萨 您是昨天回来的?

安娜 十点钟回来的。

普拉东诺夫 十一点钟还看到您房间亮着灯,但没有敢来打扰。也许您很累了吧?

安娜 你们尽可以来的!我能聊到两点。(沙萨向普拉东诺夫耳语)

普拉东诺夫 见鬼!(拍一下自己的脑袋)瞧我的记性!你怎么早不说?谢尔盖·帕甫洛维奇!

沃依尼采夫 什么?

普拉东诺夫 他也不说!结婚了,但不说!(站起)我是忘记了,而他们是不说!

沙萨 我也忘记了……祝贺您,谢尔盖·帕甫洛维奇!祝您一切如意!

普拉东诺夫 祝贺您……(鞠躬)亲爱的,有爱情就有和谐。谢尔盖·帕甫洛维奇,您创造了奇迹!我没有预料到您能走出如此重要而大胆的一步!这么迅速!谁能想到您有这样大胆的举动?

沃依尼采夫 我是什么人?说快就快!(笑)我也没有想

到自己会有这样大胆的举动,一拍即合。爱上了就结婚了!

普拉东诺夫 不"爱上"个什么人过不了冬天,而这个冬天还结了婚,就像我们的神父说的,找了个监督。妻子,还是最可怕、最挑剔的监督!如果她很蠢,就糟了!工作找到了吗?

沃依尼采夫 建议我去中学工作,我还不知道怎么办。我不想去中学!工资太低,此外⋯⋯

普拉东诺夫 去吗?

沃依尼采夫 现在还很难说,大概,不去⋯⋯

普拉东诺夫 好⋯⋯这样我们就可以玩儿了。您大学毕业已经三年了吧?

沃依尼采夫 是的。

普拉东诺夫 是这样⋯⋯(叹息)没有人敲打您!应该告诉您妻子⋯⋯玩了三年!啊?

安娜 不要高谈阔论了⋯⋯我都要打哈欠了。阿历克山德拉·伊凡诺芙娜,你们为什么来得这么晚?

沙萨 没有时间⋯⋯米沙在修鸟笼,而我要去教堂⋯⋯鸟笼坏了,夜莺没有地方搁。

老格拉戈列耶夫 今天干吗去教堂?今天是什么节日?

沙萨 我是去给康士坦丁的父亲预定弥撒。今天是米沙死去的父亲的命名日,不给他做弥撒不好⋯⋯祈祷的仪式已经做完了⋯⋯(停顿)

老格拉戈列耶夫 米哈依尔·瓦西里耶维奇,您父亲去世几年了?

普拉东诺夫 三年，四……

沙萨 三年零八个月。

老格拉戈列耶夫 真的？我的上帝！时光过得飞快！已经三年零八个月了！我和他最后一次见面的时候有那么久远吗？（叹息）我们最后一次见面是在伊凡诺夫卡城，我们两人那时都是陪审员……那天发生了一件最能说明死者的品格的事……我记得，那天审判一个很寒碜、有点醉醺醺的土地丈量员，控告他受贿，（笑）没有给他定罪……死去的瓦西里·安德列耶维奇，坚决替这个土地丈量员辩护……辩护了三个小时，情绪十分激动，他喊道："只要你们不宣誓保证自己没有接受过贿赂，我就不会控告他！"这不太合乎逻辑，但拿他没有办法！我们因为他的坚持而弄得疲惫不堪……和我们在一起的，还有死去的将军沃依尼采夫，安娜·彼得洛芙娜，就是您的丈夫……也是个固执己见的人。

安娜 他不会为那个土地丈量员辩护的吧……

老格拉戈列耶夫 对了，他坚决要求控告他……我记得他们两人吵得面红耳赤……农民代表都站在将军一边，但我们贵族都支持瓦西里·安德列耶维奇……当然，我们得胜了……（笑）您的父亲向将军提出决斗，而将军骂他……对不起，混蛋……热闹啦！我们用酒灌醉了他们两个，他们两个就和解了……再没有比让俄罗斯人和解更容易办到的事了……您父亲很善良，他有一颗善良的心……

普拉东诺夫　不是善良的人，而是没有条理的人……

老格拉戈列耶夫　他是当时一位杰出的人物……我尊敬他，我和他的关系极好！

普拉东诺夫　我不可能以他为荣。当我还没有长胡须的时候，我就和他分道扬镳了，在最后的三年我们成了仇敌。我不尊重他，他则认为我是个空虚的人，而且……我们两人说得都有道理。我不喜欢这个人！我不喜欢他，他竟然能平静地死去，能像一个正直的人那样地死去。明明是个混蛋，但又不肯承认这一点，这是俄罗斯混蛋的可怕特征！

老格拉戈列耶夫　米哈依尔·瓦西里耶维奇，对于死者，或是说好话，或是什么也不说！

普拉东诺夫　不对……这是一句不好的拉丁文格言。在我看来，应该是：对于所有的人，或是说真话，或是什么也不说。但说真话，要比什么也不说好，至少有点教益……我想，死者不需要宽容……

　　[伊凡·伊凡诺维奇上。

六

上一场的人和伊凡·伊凡诺维奇。

伊凡　（进来）哒—哒—哒……女婿和女儿！特里列茨基上校星座里的星体！亲爱的，你们好！向你们致以最热烈的敬礼！先生们，太热啦！米沙，我的宝贝……

普拉东诺夫 （站起）上校，您好！（拥抱他）身体好吗？

伊凡 我身体一向很好……上帝对我很体谅。沙萨……（吻沙萨的头）我好久没有吻您了……沙萨，您身体好吗？

沙萨 我身体很好……您身体好吗？

伊凡 （坐在沙萨身旁）我身体一向很好。我一辈子从没有病过……我好久没有见到你们了！每天都想到你们那儿去，看看外孙，和女婿议论议论天下大事，但怎么也来不了……太忙！我的天使！前天想给你看看新买的双筒枪，英国货，米沙，但警察局长来了，非让我玩牌……那支双筒猎枪真棒！一百七十步距离内能把猎物打死……外孙好吗？

沙萨 很好，向您敬礼……

伊凡 难道他会敬礼了？

沃依尼采夫 这需要从精神上去理解。

伊凡 是的，是的……从精神上……沙萨，你告诉他，让他快快长大。我带他去打猎……我已经给他预备了一支小号的双筒猎枪……我要把他培养成个猎人，以便将来我死后把我的打猎用具传给他……

安娜 这个伊凡·伊凡诺维奇真是个有魅力的人！我们和他在圣彼得节一起去打鹌鹑。

伊凡 好，好！安娜·彼得洛芙娜，我们去打野鸡。我们到魔鬼沼泽去作一次探险……

安娜 让我们试试您的双筒猎枪。

伊凡 让我们试试。尊贵的月亮女神！（吻她的手）夫人，您记得去年吗？哈哈！我喜欢这样的人！我不喜欢胆小鬼！她是个个性解放的女人！你闻闻她的肩膀，能闻到火药味，有汉尼拔统帅的风度！统帅，完全是个统帅！给她赏个带穗的肩章，世界末日就到了！咱们去！把沙萨也带上！把所有人都带上！让他们看看，什么叫战士的血缘，月亮女神，尊贵的夫人，女元帅！

普拉东诺夫 上校，你已经上钩了？

伊凡 毫无疑问。

普拉东诺夫 你就这么唠叨。

伊凡 我亲爱的，我八点钟就到这儿……大家还在睡觉……到了这儿，用脚敲门……一看，她出来了……她笑了……我们喝了一瓶葡萄酒。月亮女神喝了三杯，余下的我都喝了……

安娜 需要把这个都说出来吗！

[特里列茨基跑上。

七

上一场的人和特里列茨基。

特里列茨基 各位亲戚先生好！

普拉东诺夫　啊……平庸的御医！硝酸银……蒸馏水……很高兴能见到你！好一副神采奕奕的样子！

特里列茨基　（吻沙萨的头）是什么妖风把你的米沙吹到这里来的！公牛，一头真正的公牛！

沙萨　嘿，你身上这么香！身体好吗？

特里列茨基　还好。你们来了很好。（坐下）米沙，情况怎么样？

普拉东诺夫　什么情况？

特里列茨基　当然是你的情况。

普拉东诺夫　我的？谁知道我的情况呢？兄弟，说来话长，而且也没有意思。你是在哪理的发？发型很好！得花一个卢布？

特里列茨基　我不请理发师给我理发，我有专门为我理发的女士，而且我也不会给她们卢布……（吃水果软糖）你是我的兄弟……

普拉东诺夫　想说笑话？别，别……你别费心！饶了我吧。

八

上一场的人，彼特林和老维格罗维奇。

彼特林拿着报纸上，坐下。老维格罗维奇坐在角落里。

特里列茨基 （向伊凡·伊凡诺维奇）爸爸，您哭吧！

伊凡 我干吗要哭？

特里列茨基 比如，为了高兴……看看我！这是你的儿子！……（指着沙萨）这是你的女儿！（指着普拉东诺夫）这个青年人是你的女婿！一个女儿算什么！爸爸，这是宝贝！只有你才能生养出这么好的女儿！而女婿呢？

伊凡 我的朋友，我干吗要哭？我不需要哭。

特里列茨基 而女婿呢？噢……这个女婿！你走遍天涯海角，找不到另外一个这样的女婿！忠诚，高尚，宽容，正义！而外孙呢？这是一个什么样的外孙！他向前挥动着小手，好像在说："姥爷！姥爷在哪？把他给我找来，把他的胡须给我找来！"

伊凡 （从口袋里掏出手绢）干吗哭？感谢上帝……（哭）不应该哭。

特里列茨基 上校，你在哭？

伊凡 没有……干吗哭？感谢上帝！……还有什么？

普拉东诺夫 尼古拉，别这样！

特里列茨基 （站起，坐到布格罗夫旁边）季莫菲·戈尔杰耶维奇，天很热。

布格罗夫 不错。很热，像在顶棚的澡堂里，应该有三十度。

特里列茨基 这意味着什么？季莫菲·戈尔杰耶维奇，为什么这么热？

布格罗夫 这个您知道得更清楚。

特里列茨基 我不知道。我学的是医。

布格罗夫 我以为之所以热,是因为如果到了六月份还冷,那么我们就要哈哈大笑了。(笑)

特里列茨基 是的……现在懂了……季莫菲·戈尔杰耶维奇,对于青草来说,气候与环境哪个更重要?

布格罗夫 都重要,尼古拉·伊凡诺维奇,只是小麦需要雨水……要是不下雨,还有什么气候可言?没有了雨水,气候分文不值。

特里列茨基 是这样……这是真理……应该承认,您表达的都是智慧。做生意的先生,关于其他的事情您还有什么高见?

布格罗夫 (笑)什么也没有。

特里列茨基 这需要证明。季莫菲·戈尔杰耶维奇,您是个绝顶聪明的人!关于安娜·彼得洛芙娜将给我们吃点什么,您有什么看法?

安娜 特里列茨基,请您等待!大家都在耐心等待,您也不要例外!

特里列茨基 她不了解我们的胃口!她不知道我们,特别是您和我都想喝点什么!季莫菲·戈尔杰耶维奇,我们能吃也能喝!首先……其次……(向布格罗夫耳语)不好?喝得酩酊大醉……大路货……那儿什么都有:专供堂饮的酒,专供外买的酒……鱼子酱,干咸鱼,蛙鱼,沙丁鱼……还有六层或七层的大蛋糕……好气派!装满了全世界的各种动植物美味……快端上来吧……饿坏了,是吗?季莫菲·戈尔杰耶维奇。坦白地说……

沙萨 (向特里列茨基)你与其说是想吃饭,不如说是想造反!你不喜欢人家安静地坐一会!

特里列茨基 我不喜欢人家饿肚子,胖小姐!

普拉东诺夫 尼古拉·伊凡诺维奇,你刚刚说了些笑话,大家为什么没有哈哈大笑呢?

安娜 哎嘿,他真让人讨厌!他让人讨厌!他真不像话!这很可怕!咴,讨厌的家伙,请等一等!我这就给您上菜!(离去)

特里列茨基 早就该这样了。

九

除了安娜·彼得洛芙娜外的全部上一场人物。

普拉东诺夫 倒也不妨……几点钟了?我也饿了……

沃依尼采夫 先生们,我的妻子在哪?要知道普拉东诺夫还没有见过她……应该认识一下。(站起)我去找找她。她是那么喜欢花园,没有办法让她和花园分开。

普拉东诺夫 谢尔盖·帕甫洛维奇,我看……我请求您别把我介绍给您妻子……我想知道,她是否认得我?我曾经和她相识……

沃依尼采夫 相识？和索菲娅？

普拉东诺夫 那是从前……好像是在上大学的时候，请您不要向她介绍我，别作声，关于我一句话也不要说……

沃依尼采夫 好的。这个人和所有人都认识！他是怎么来得及认识的？（走向花园）

特里列茨基 先生们！我在《俄罗斯信使》上发表了一篇重要文章！你们读了没有？阿勃拉姆·阿勃拉莫维奇，您读了吗？

老维格罗维奇 读过了。

特里列茨基 是篇好文章吧？阿勃拉姆·阿勃拉莫维奇，我把您描写成了个吃人的恶魔！我这么把您一写，全欧洲都会吃惊！

彼特林 （大笑）原来是写的他?!原来文章里的 B 君就是他！那么，C 君又是指谁呢？

布格罗夫 （笑）是我。（擦擦额头）由他们去吧！

老维格罗维奇 怎么啦！这很好。如果我会写文章，我就给报纸写。首先，能得到稿费，其次，我们这里的人都把会写文章的人看成是聪明的人。不过，医生，那篇文章不是您写的。它是波尔菲里·谢苗诺维奇写的。

老格拉戈列耶夫 您怎么知道的？

老维格罗维奇 我知道。

老格拉戈列耶夫 奇怪……文章是我写的，这不假，但您是怎么知道的？

老维格罗维奇 您只要想知道，就什么都能知道。您投稿寄的是挂号，但我们邮局的一位收发记性特别好。就是这样……不必猜谜语。我们犹太人的机敏在这里用不上。（笑）别害怕，我不会报复的。

老格拉戈列耶夫 我不怕，但……我感到奇怪！

［格列科娃上。

十

上一场的人和格列科娃。

特里列茨基 （跳起）玛丽雅·叶菲莫芙娜！这才叫意外的惊喜！

格列科娃 （递给他手）您好，尼古拉·伊凡诺维奇！（向众人点头）你们好，先生们！

特里列茨基 （帮她脱下斗篷）我把您的斗篷脱下来……身体好吗？再一次向您问好！（吻她的手）身体好吗？

格列科娃 和往常一样……（羞怯地坐在就近的一把椅子上）安娜·彼得洛芙娜在家吗？

特里列茨基 在家。（坐在她旁边）

老格拉戈列耶夫 玛丽雅·叶菲莫芙娜，您好！

伊凡 这位是玛丽雅·叶菲莫芙娜？都认不出来了！（走近格列科娃，吻她的手）见到您很荣幸……很高兴……

格列科娃 伊凡·伊凡诺维奇,您好!(咳嗽)太热了……别吻我的手……我很尴尬……我不喜欢……

普拉东诺夫 (走近格列科娃)我荣幸地向您致敬!(吻她的手)生活得怎么样?把手给我!

格列科娃 (缩回手)不必……

普拉东诺夫 为什么?我不配?

格列科娃 我不知道您配不配!但……您不真诚。

普拉东诺夫 不真诚?为什么您知道不真诚?

格列科娃 如果我不说我不喜欢这种亲吻,您就不会吻我的手……您总想做我不喜欢的事。

普拉东诺夫 立即给我下了结论!

格列科娃 (向普拉东诺夫)请走开!

普拉东诺夫 现在就……玛丽雅·叶菲莫芙娜,您的臭虫乙醚搞得怎么样了?

格列科娃 什么臭虫乙醚?

普拉东诺夫 我听说您想在臭虫里提炼乙醚……想为科学做出贡献……这是好事!

格列科娃 您总喜欢开玩笑……

特里列茨基 是的,他爱开玩笑……这么说,您终于来了,玛丽雅·叶菲莫芙娜……您母亲生活得怎么样?

普拉东诺夫 您的脸孔像玫瑰一样红!您好热!

格列科娃 (站起)您为什么尽说这些话?

普拉东诺夫 想跟您聊聊天……好久没有跟您说话了。您为什么生气?什么时候您才不对我生气呢?

格列科娃　我发现,您一看到我,您就感觉不舒服……我不知道,我是怎么妨碍了您,但是……我可以成全您,尽量避开您……如果不是尼古拉·伊凡诺维奇保证您肯定不在这里,我是不会到这里来的……(向特里列茨基)您不该说谎的!

普拉东诺夫　尼古拉,你不该说谎的。(向格列科娃)您想哭……您哭吧!眼泪有时候让人舒心……

　　〔格列科娃快步向门口走去,在门口与安娜·彼得洛芙娜相遇。

十一

上一场的人和安娜·彼得洛芙娜。

特里列茨基　(向普拉东诺夫)愚蠢……愚蠢!你明白吗?愚蠢!这样……我们成仇敌了!

普拉东诺夫　与你有什么关系?

特里列茨基　愚蠢!你不知道你干了些什么!

老格拉戈列耶夫　米哈依尔·瓦西里耶维奇,你好残酷!

安娜　玛丽雅·叶菲莫芙娜!我多么高兴!(握格列科娃的手)很高兴……您是我们这里的稀客……您来了,我因此而喜欢您……让我们一起坐下……(大家坐下)很高兴……谢谢尼古拉·伊凡诺维奇……他费心把您从您的村子请了出来……

特里列茨基 （向普拉东诺夫）如果我爱她呢?

普拉东诺夫 你爱吧……随你便!

特里列茨基 你说了些什么!

安娜 我亲爱的,您生活得怎么样?

格列科娃 很好,谢谢。

安娜 您累了……（看她的脸）没有习惯一口气走二十里路……

格列科娃 不……（用手帕捂住眼睛,哭）不……

安娜 您怎么啦,玛丽雅·叶菲莫芙娜?（停顿）

格列科娃 不……

　　［特里列茨基在踱步。

老格拉戈列耶夫 （向普拉东诺夫）米哈依尔·瓦西里耶维奇,您应该道歉!

普拉东诺夫 为什么?

老格拉戈列耶夫 您还问?! 您很残酷……

沙萨 （走近普拉东诺夫）请你作出解释,否则我就离开这里! ……赔个不是!

安娜 走了远路之后我也常常要哭……神经受不住了!

老格拉戈列耶夫 原来如此……我需要这个! 不像话! 我没有想到会这样!

沙萨 赔个不是! 大家都要求赔不是! 你这个不讲道德的人!

安娜 我理解……（看着普拉东诺夫）还是发生了不愉快……玛丽雅·叶菲莫芙娜,请原谅我。我忘了关照他了……是我的错……

普拉东诺夫 （走向格列科娃）玛丽雅·叶菲莫芙娜！

格列科娃 （抬起头）您想干什么？

普拉东诺夫 我道歉……公开道歉……我特别懊悔！……给我手……我发誓我是真诚的……（握住她的手）咱们和解吧……我们不哭了……和解好吗？（吻她的手）

格列科娃 和解。（用手帕掩住脸，跑下）

　　［特里列茨基跟她下。

十二

　　上一场的人，除了格列科娃和特里列茨基外。

安娜 我没有想到，您会这样！

老格拉戈列耶夫 小心，米哈依尔·瓦西里耶维奇，要小心！

普拉东诺夫 够了……（坐在沙发上）由她去吧……我做了蠢事，和她说上了话，但这蠢事也不值得惊动了大家。

安娜 为什么特里列茨基跟她跑了？不是所有女人都愿意让人家看到她们的眼泪。

老格拉戈列耶夫 我欣赏女人的这种软心肠……您其实也没有说什么特别的……就是一点暗示，一句话……

安娜 不好,米哈依尔·瓦西里耶维奇,这样不好。

普拉东诺夫 安娜·彼得洛芙娜,我道歉了。

〔沃依尼采夫,索菲娅·叶戈洛芙娜和小维格罗维奇上。

十三

上一场的人,还有沃依尼采夫,索菲娅·叶戈洛芙娜,小维格罗维奇,然后是特里列茨基。

沃依尼采夫 (跑上)来了,来了!(唱)她来了!

〔小维格罗维奇站在门旁,把手交叉在胸前。

安娜 总算索菲娅受不住这炎热了!欢迎!

普拉东诺夫 (旁白)索菲娅!天使,她变化好大啊!

索菲娅 我和维格罗维奇先生聊得很投机,完全忘了热……(坐在离普拉东诺夫有一俄丈远的沙发上)谢尔盖,我特别喜欢我们的花园。

老格拉戈列耶夫 (坐在索菲娅·叶戈洛芙娜旁边)谢尔盖·帕甫洛维奇!

沃依尼采夫 有何指教?

老格拉戈列耶夫 我的朋友,索菲娅·叶戈洛芙娜已经答应我,星期四你们一起来我家做客。

普拉东诺夫 (旁白)她在看我!

沃依尼采夫 我们决不食言。我们一定成群结队来看望您……

特里列茨基 （跑上）嘿，女人，女人！莎士比亚这样说的，他说得不对。需要这样说：啊嘿，你们这些女人，女人！

安娜 玛丽雅·叶菲莫芙娜在哪？

特里列茨基 我把她领到花园去了。让她在那儿散散心！

老格拉戈列耶夫 索菲娅·叶戈洛芙娜，您还没有到我家去过！我想您会喜欢的……花园比你们家的好，河水很清，马儿很壮……（停顿）

安娜 不作声了……发傻了。（笑）

索菲娅 （用手指向普拉东诺夫，轻声问老格拉戈列耶夫）这是谁？就是坐在我旁边的这位！

老格拉戈列耶夫 （笑）这是我们的中学教师……我说不出他的姓名……

布格罗夫 （向特里列茨基）尼古拉·伊凡诺维奇，请您告诉我，您能治所有的病还是仅仅能治一部分病？

特里列茨基 所有的病。

布格罗夫 传染病也治？

特里列茨基 也治。

布格罗夫 疯狗咬了，也能治？

特里列茨基 您被疯狗咬了？（躲开他）

布格罗夫 （尴尬）上帝保佑我！尼古拉·伊凡诺维奇！您怎么啦，上帝保佑您！（笑）

安娜 波尔菲里·谢苗诺维奇，到你们家该怎么走？经过尤斯诺夫卡村吗？

老格拉戈列耶夫 不……如果走尤斯诺甫卡就绕道了。直接奔普拉东诺夫卡。我就住在普拉东诺甫卡，离那个村只有二里地。

索菲娅 我知道这个普拉东诺甫卡，这个村子现在还存在？

老格拉戈列耶夫 那自然……

索菲娅 以前我认识那里的一个地主，叫普拉东诺夫。谢尔盖，您知道那个普拉东诺夫现在在哪？

普拉东诺夫 （旁白）这个问题她应该问我。

沃依尼采夫 可能知道。你记得他的名字叫什么？（笑）

普拉东诺夫 我也曾经和他相识，他的名字大概是米哈依尔·瓦西里耶维奇。（笑）

索菲娅 对了，对了……他的名字是米哈依尔·瓦西里耶维奇。我跟他认识的时候，他还是个大学生，几乎还是个孩子……先生们，你们在笑……而我看不出我的话里有什么好笑的……

安娜 （笑着指指普拉东诺夫）您认认他吧，他都急不可耐了！

　　［普拉东诺夫站起。

索菲娅 （站起，盯视普拉东诺夫）是的……是他。米哈依尔·瓦西里耶维奇，您为什么不说话？……难道……这是您？

普拉东诺夫 索菲娅·叶戈洛芙娜，您认不出我了？这很简单！过去四年半了，将近五年了，没有其他东西能使我最近的五年更能改造我的模样了。

索菲娅 （向他伸出手）我刚刚开始认出您：您的变化好大啊！

沃依尼采夫 （把沙萨领到索菲娅·叶戈洛芙娜面前）我介绍一下，这位是他的妻子！……阿历克山德拉·伊凡诺芙娜，我们的最最幽默的尼古拉·伊凡诺维奇的妹妹！

索菲娅 （向沙萨伸出手）非常高兴。（坐下）你们已经结婚了！……很久了吗？五年了……

安娜 普拉东诺夫，好样的！他哪都不去，但哪都知道他。索菲娅，我向您介绍，他是我们的朋友！

普拉东诺夫 这个热情的介绍，足以使我有权问您，索菲娅·叶戈洛芙娜，一个问题：您生活得怎么样？您身体还好吗？

索菲娅 总的来说，生活得还可以，但身体不太好，您生活得怎么样？您现在在做什么？

普拉东诺夫 命运如此地捉弄了我。我在五年前是不可想象的，那时您把我看成是拜伦第二，而我认为自己能当未来的部长或哥伦布式的人物。现在我不过是个中学教师，索菲娅·叶戈洛芙娜。

索菲娅 您？

普拉东诺夫 是的，我……（停顿）这有点奇怪……

索菲娅 不可思议！为什么……为什么没有更多的作为？

普拉东诺夫 索菲娅·叶戈洛芙娜，一句话回答不了您的

问题……(停顿)

索菲娅 您至少大学毕业了吧?

普拉东诺夫 没有。我退学了。

索菲娅 嘿……这毕竟不会妨碍您成为一个人吧?

普拉东诺夫 对不起……我不明白您提的问题……

索菲娅 我表达得不清楚。这不妨碍您成为一个人……一个工作者,我想说,是某一个领域的工作者……比如,妇女自由解放的领域……这不妨碍您成为一个为某种思想效力的人?

特里列茨基 (旁白)胡说八道了!

普拉东诺夫 (旁白)原来这样!嗯……(向索菲娅·叶戈洛芙娜)怎么对您说呢?是的,它妨碍不了我……但……能妨碍什么呢?(笑)什么也不能妨碍我……我是一块平放着的石头。平放的石头天生要妨碍别人……

〔谢尔博克上。

十四

上一场的人和谢尔博克。

谢尔博克 (在门口)别给马吃燕麦,那料不好!

安娜 乌拉!我的骑士来了!

所有在场的人 巴维尔·彼得洛维奇!

谢尔博克 （默默地吻安娜·彼得洛芙娜和沙萨的手,默默地向在场的男人一一致礼,然后向所有的人鞠躬）我的朋友们！告诉我，我急于见到的贵人在哪？我怀疑这位贵人就是她！（指向索菲娅·叶戈洛芙娜）安娜·彼得洛芙娜，请您把我介绍给他们，让他们知道我是个什么人！

安娜 （拉着他的手走近索菲娅·叶戈洛芙娜）退休的骑兵中尉巴维尔·彼得洛维奇·谢尔博克！

谢尔博克 要是有点感情色彩？

安娜 噢，是的……我们的朋友、邻居、骑士、客人和贷款人。

谢尔博克 是的！我是死去的将军阁下最好的朋友！在他的指挥下，我攻克了被称作妇女的波洛涅兹舞的堡垒。（鞠躬）请给我手！

索菲娅 （伸出手又缩了回来）很高兴,但……没有必要。

谢尔博克 不给面子……当您的丈夫还在桌子底下走的时候，我常常抱他……他给我留下一个纪念，这个纪念我会带到坟墓里去的。（张开口）瞧！一颗牙没了！看到了吗？（笑）我有次抱着他，而他，谢寥沙，用手枪把我的牙给敲掉了。大人也真让他玩枪。嘿嘿嘿……淘气的孩子！您，我还不知道该怎么称呼您，应该把他严加管束！您的美貌让我想到一幅画……鼻子也是这样的……手还不伸给我？

　　[彼特林坐在老维格罗维奇前，给他出声地读报。

索菲娅 （伸出手来）您如果这样……

谢尔博克 （吻手）谢谢您！（向普拉东诺夫）米沙，身体好吗？长得这么高了……（坐下）我认识您的时候，您还正用疑惑的眼光看待这个上帝的世界……成长起来了，成长起来了……算了！再说反而不吉利！好小伙子！美男子！怎么不去参军？

普拉东诺夫 身体条件不够，巴维尔·彼得洛维奇！

谢尔博克 （指指特里列茨基）是他说的？相信他，你就犯傻了！

特里列茨基 巴维尔·彼得洛维奇，请您说话不要伤人！

谢尔博克 他给我治腰痛病……这个不让吃，那个不让吃，还不能躺在地板上……结果也没有治好。我就问他："为什么你钱拿了，但医不好病？"他回答说："二者必居其一，或是瞧病，或是拿钱。"多体面！

特里列茨基 您干吗说谎？请问您给了我多少钱？您想想！我到您府上去了六次，只拿到一个卢布，那张钞票还是破的……我想把它施舍给穷人，但人家不要，说："太破了，票子上的号码都没有了！"

谢尔博克 你来我家六次，不是因为我病了，而是因为我的承租人恰好有个女儿。

特里列茨基 普拉东诺夫，你坐得离他近……你替我在他的秃脑袋上打一下！劳你驾！

谢尔博克 别打！够了！不要激怒睡着的狮子！你还嫩了点！（向普拉东诺夫）你的父亲也是好样的！我和他是好朋友。是个机敏的人！现在没有这样的人了，像我们这么爱折腾的人也没有了……哎嚜,时间过去了……(向彼特林)格拉辛姆!别太放肆!我们在这里说话,而你却大声读报!要懂得礼貌!(彼特林继续读报)

沙萨 (碰了碰伊凡·伊凡诺维奇的肩膀)爸爸!爸爸!别在这里睡觉!不体面!(伊凡·伊凡诺维奇醒来一下又睡着了)

谢尔博克 不……我没法说话!……(站起)听他的吧……他在读报!……

彼特林 (站起,走向普拉东诺夫)您说了什么?

普拉东诺夫 我什么也没有说。

彼特林 不,您说了什么……您关于我彼特林说了些什么……

普拉东诺夫 您可能是有了错觉。

彼特林 您批评我?

普拉东诺夫 我什么也没有说!请您相信这是您的错觉!

彼特林 您爱怎么说,就怎么说……彼特林……彼特林……彼特林怎么了?(把报纸放进口袋)彼特林,可能上过大学,可能拿到过法学硕士的学位……这您知道吗?……直到死我也拥有这学位……七等文官……这您知道吗?我的年纪比您大,感谢上帝,我肯定能活到六十岁。

普拉东诺夫 这很好,但……这能说明什么呢?

彼特林 宝贝,您活到我的岁数,你就明白了!生活不是开玩笑!生活能咬人……

普拉东诺夫 （耸肩）真的,我不知道您想说什么,格拉辛姆·库兹米奇……我不理解您……您先说了自己,然后从自己说到生活……在您和生活之间有什么共同点呢?

彼特林 当您将来自己用警告的眼光看待年轻人的时候,您就惊讶生活是怎么毁坏了您……我的先生,生活……什么叫生活?生活是这个!当一个人诞生之后,他只有三条路中的一条路可走:往右走,狼把你吃了,往左走,你把狼吃了,直了走,自己把自己吃了。

普拉东诺夫 你说……嗯……您得出这样的结论是有科学依据还是经验之谈?

彼特林 经验。

普拉东诺夫 经验……(笑)尊敬的格拉辛姆·库兹米奇,您说给别的什么人听好了,而不要说给我听……我建议您不要对我讲一些大道理……我觉得好笑,真的,我不相信。我不相信您的那些老掉了牙的智慧!我父亲的朋友,我不相信,我真的不相信您讲的这些关于人生哲理的大白话,我不相信您用自己的脑子想出来的一切!

彼特林 好……真是的……年轻的树木能做一切:不论是房子,还是船,还是其他的什么……老树呢,尽管它很粗很高,但什么也做不了……

普拉东诺夫 我没有说所有的老人,我说的是我父亲的朋友。

老格拉戈列耶夫 米哈依尔·瓦西里耶维奇,我也曾经是您父亲的朋友!

普拉东诺夫 他的朋友有的是……我们家的院子里曾经挤满了客人的马车。

老格拉戈列耶夫 不……这么说,您也不相信我?(笑)

普拉东诺夫 嗯……怎么对您说呢?……就是您,波尔菲里·谢苗诺维奇,我也不太相信。

老格拉戈列耶夫 是吗?(向他伸过手去)我亲爱的,谢谢您的坦率!你的坦率更加使您吸引我。

普拉东诺夫 您是个善人……我甚至很尊敬您,但是……但是……

老格拉戈列耶夫 说下去!

普拉东诺夫 但是……但是需要做一个轻浮的人,才能够相信那些冯维辛[1]的体面的斯塔拉杜姆们和诙媚的米朗们,他们一辈子都与斯考津们和普拉斯塔科夫们同喝一锅汤,以及那些长官,他们之所以高贵,是因为他们既没有作恶也没有行善,您听了别生气!

安娜 我不喜欢这样的谈话,特别是普拉东诺夫说的那些……总是不欢而散。米哈依尔·瓦西里耶维奇,我向您介绍我们的一位新朋友!(指指小维格罗维奇)

---

[1] 冯维辛(1744—1792),俄国剧作家,著有《旅长》、《纨绔弟子》,斯塔拉杜姆等是他的讽刺喜剧中的人物。

伊萨克·阿勃拉莫维奇·维格罗维奇，大学生……
普拉东诺夫　啊……（站起，走向小维格罗维奇）很高兴！很高兴。（伸出手）我愿意付出很大的代价，只要我还有权称自己是大学生……（停顿）我把手递给了您……你或是握住我的手，或是把手给我……
小维格罗维奇　我两样都不做……
普拉东诺夫　什么？
小维格罗维奇　我不给您手。
普拉东诺夫　有意思……为什么呢？
安娜　（旁白）鬼知道！
小维格罗维奇　因为我有这样做的理由……我讨厌像您这样的人！
普拉东诺夫　妙极了……（凝视着他）如果这不能满足您的为了将来需要保护的自尊心，我会对您说我很喜欢……（停顿）你看我就像巨人看侏儒，也许，您当真是个巨人。
小维格罗维奇　我是个诚实的人，不是个庸俗的人。
普拉东诺夫　这应该祝贺您……年轻的大学生又是个不诚实的人是很糟糕的……关于您的诚实谁也没有疑问……少年，您给我手吗？
小维格罗维奇　我不施舍。

　　〔特里列茨基发出嘘声。
普拉东诺夫　不给？这是您的权利……我说的是礼貌，而不是施舍……你很讨厌我？
小维格罗维奇　像一个全身心地憎恶庸俗与装腔作势的

人应该有的厌恶……

普拉东诺夫 （叹了口气）好久没有听到这样的话了……好像是从马车夫唱的歌里听到了亲切的声音！……以前我也曾是个能言会道的人……可惜，这仅仅是词语……好听的词语，仅仅是词语……要是有点真诚呢……虚伪的声音特别刺激不习惯的耳朵……

小维格罗维奇 我们不再说下去了好吗？

普拉东诺夫 为什么？人家喜欢听我们说，我们也还没有彼此讨厌……让我们再这样说下去……

〔瓦西里上，奥辛普跟在他后边。

十五

上一场的人和奥辛普。

奥辛普 （进门）好……我荣幸地祝贺您的到来……（停顿）我祝愿您得到您想从上帝那儿得到的一切好处。（笑）

普拉东诺夫 我看到谁了？！魔鬼的干亲家！最最可怕的人！

安娜 您说！您还不知满足！您为什么要来这儿？

奥辛普 来祝贺。

安娜 没有这个必要！走开吧！

普拉东诺夫 你就是那个白天黑夜都带来恐怖的人吧？

你这个杀人凶手,我好久没有见到你了,六百六十六天了!好了,朋友!讲点什么吧!伟大的奥辛普!

奥辛普 （鞠躬）阁下,祝贺您一路顺利!谢尔盖·帕甫洛维奇,祝贺您新婚之喜!祝您家庭生活一切如意!上帝保佑!

沃依尼采夫 谢谢!（向索菲娅·叶戈洛芙娜）索菲娅,我来向你介绍,这位是沃依尼采夫卡村的稻草人!

安娜 普拉东诺夫,不要纠缠他!让他走!我讨厌他。（向奥辛普）你到厨房去说一声,让他们给你吃顿午饭……瞧你一双贼眼!在这个冬天你在我们森林里偷了不少吧?

奥辛普 （笑）三四棵树……（笑）

安娜 （笑）撒谎,还要多!他还有表链子呢!是金链子吗?告诉我现在几点了?

奥辛普 （看墙上的表）一点二十二分……请让我吻吻您的手!

安娜 （把手伸向他的嘴唇）吻吧……

奥辛普 （吻手）非常感谢您,尊贵的夫人,谢谢您的同情心!（鞠躬）米哈依尔·瓦西里耶维奇,您为什么抓住我不放!

普拉东诺夫 怕你走了。亲爱的,我喜欢你!你是个棒小伙子!你真不该到这里来?!

奥辛普 来找瓦西里这个傻瓜,顺便到了这里。

普拉东诺夫 聪明人找傻瓜,而不是相反!先生们,我荣幸地向你们介绍!这是个极有趣的人物!是现代动物博物馆的一个极有趣的嗜血动物！（把奥辛普朝四面展示）无人不知，无人不晓的奥辛普，盗马贼，寄生虫，杀人犯和小偷。在沃依尼采夫卡村出生，在沃依尼采夫卡村作案，也将在沃依尼采夫卡村毁灭！（笑）

奥辛普 （笑）米哈依尔·瓦西里耶维奇，您是个奇妙的人！

特里列茨基 （端详奥辛普）亲爱的，你在干什么？

奥辛普 偷盗。

特里列茨基 嗯……有趣的职业……可是，你是个崔尼克！

奥辛普 什么叫崔尼克？

特里列茨基 崔尼克是个希腊文，翻译成俄语就是：像让全世界都知道它是猪狗的猪狗。

普拉东诺夫 他在笑，上帝！这是个什么样的笑容！还有脸孔，脸孔！在这个脸孔上有一百斤钢铁！刀枪不入！（把他引领到镜子前）看看，你这个怪人！看到了吗？你不觉得奇怪吗？

奥辛普 最最普通的人！甚至还要差点……

普拉东诺夫 是吗？难道不是勇士？不是伊里亚·穆罗密茨[1]？（敲打他的肩膀）噢，勇敢的，战无不胜的俄罗斯人！我和你现在算什么？像个寄生的小人到处

---

[1] 伊里亚·穆罗密茨和下文中的索洛维雅·拉兹波依尼克,都是俄罗斯民间传说中的勇士。

游荡,我们不知道自己的位置在哪儿……我们也可以成为力大无比的勇士,目空一切,把索洛维雅·拉兹波依尼克打败! 是吗?

奥辛普 谁知道呢!

普拉东诺夫 会打败的! 你可是个大力士! 这不是肌肉,而是钢缆! 还有,你为什么没被流放?

安娜 普拉东诺夫,别这样说了! 真的听厌了。

普拉东诺夫 奥辛普,你哪怕坐一天监牢也好啊。

奥辛普 坐过……每个冬天都要坐。

普拉东诺夫 就应该这样……森林是太冷,还是坐牢好。而你为什么没被流放?

奥辛普 不知道……米哈依尔·瓦西里耶维奇,放了我吧!

普拉东诺夫 你不是这个世界上的人? 你不属于这个时间与空间? 你不受习惯与法律的约束?

奥辛普 您听我说……法律上写着,只有证据确凿,或当场抓获,才能流放西伯利亚……比如大家都知道,我是个盗贼,(笑)但不是每一次都能证明这个……现在老百姓胆子小,愚蠢……什么都怕……也害怕出来作证……可以赶了他走,但不懂得法律……他什么都怕……老百姓成了头驴子,一句话……都是偷偷使坏,结成团伙……这类人糟透了……野蛮透顶。欺侮欺侮这样的人不可惜……

普拉东诺夫 坏蛋,瞧他说得那么振振有辞! 畜生! 他是自己用脑子想出来的! 但他也有理论根据……(叹息)在俄罗斯还可能有这样的丑恶!

奥辛普 米哈依尔·瓦西里耶维奇,不是我一个人这么说!现在都这么说,比如,阿勃拉姆·阿勃拉莫维奇……

普拉东诺夫 但,这也是法律管不了的……谁都知道,但谁也证明不了。

老维格罗维奇 我想,还是别把我扯进去……

普拉东诺夫 关于他也没有什么好说的……他和你一样,区别是他比你聪明,而且幸福得不得了。但是……不能当面说他,却可以当面说你。你们两个是一样货色的人,但……他有六十家酒店,我的朋友,六十家酒店,而你呢,连六十个卢比都没有!

老维格罗维奇 六十三家酒店。

普拉东诺夫 过一年就是七十三家……他也行善,给饭吃,大家都尊敬他,大家都对他脱帽敬礼,而你呢……你是个伟大的人,但,兄弟,你不会生活!你不会生活!你这个害群之马!

老维格罗维奇 您开始胡言乱语了,米哈依尔·瓦西里耶维奇!(站起,坐到另一张椅子上)

普拉东诺夫 在这个脑袋上有避雷针……他活得很安逸,一直这么安逸到死去……他死得也会很安逸!

安娜 普拉东诺夫,别说了!

沃依尼采夫 米哈依尔·瓦西里耶维奇,和善一些!奥辛普,你走吧!你在场只会挑动普拉东诺夫的性子。

老维格罗维奇 他想把我赶走,办不到!

普拉东诺夫 办得到的!办不到,我自己走。

安娜 普拉东诺夫,你还不住嘴?你干脆回答:你住嘴还是不住嘴?

沙萨 看在上帝的分上,别说了!(轻声)多不好!你让我丢脸!

普拉东诺夫 (向奥辛普)你走吧!衷心祝你赶紧消失!

奥辛普 玛尔法·彼得洛芙娜有个鹦鹉,她把所有的人和狗叫作傻瓜,但一看到老鹰或阿勃拉姆·阿勃拉莫维奇就叫道:"啊嘿,你这个可恶的!"(笑)再见了!(离去)

十六

除了奥辛普之外所有上一场的人。

老维格罗维奇 年轻人,您无权教训我,而且还用这种腔调。我是公民,说实话,还是个有益的公民……我是父亲,而您呢?年轻人,您是什么人?请原谅,你是个花花公子,破产地主,你手里拿到过的东西,你没有任何权利拿到它,因为你是个变坏了的人……

普拉东诺夫 公民……如果您是公民,那么公民不是个好字眼!是个贬义词!

安娜 他还在说!普拉东诺夫,您为什么用您的夸夸其谈让我们一起扫兴？为什么说那么多废话？您有这个权利吗？

特里列茨基　与这些追求真理的正人君子很难相处……他们到处干预，他们到处有事，什么都与他们有关……

老格拉戈列耶夫　先生们，谈话开始很好，结果却很糟……

安娜　普拉东诺夫，别忘了如果客人吵嘴，主人会感到很难过的……

沃依尼采夫　说得对，从这一分钟起都不要作声……和平、和谐和宁静！

老维格罗维奇　一分钟的安静他也不给！我怎么他了？这像是充内行！

沃依尼采夫　嘘……

特里列茨基　让他们吵好了！我们很高兴。（停顿）

普拉东诺夫　看看你周围的情况,再好好想想,你会昏倒在地的！……最坏的是，所有稍有良知的人都沉默不语，都在袖手旁观……都带着恐惧看着他，都对这个肥胖的暴发户顶礼膜拜！良心一点都没有了！

安娜　普拉东诺夫，平静一点！您又在犯去年犯过的毛病了，我受不了这个！

普拉东诺夫　（喝水）好吧。（坐下）

老维格罗维奇　好吧。（停顿）

谢尔博克　我的朋友们，我是个受难者，受难者！

安娜　怎么回事？

谢尔博克 我的痛苦,朋友们!宁肯躺在棺材里,也不想跟坏老婆一起生活!又出事了!一个星期之前,我老婆和那个恶棍,那个棕红头发的野男人,差点把我打死。我睡在院子里的苹果树下,正在做美梦……(叹气)突然……突然有人向我的头部猛击过来!上帝!我想,末日来临了!地震,洪水,大雨……睁开眼一看,棕红头发的野男人站在我面前,抱住我的肋部,猛抬起来,然后把我摔到地上!而那个凶狠的婆娘也跳过来……一把抓住了我的胡子。(抓住自己的胡子)你不用想吃午饭!(敲打自己的秃脑袋)差点没有把我打死……我想,我要把灵魂交给上帝了……

安娜 巴维尔·彼得洛维奇,您夸大其辞了……

谢尔博克 她已经是个老太婆了,又瘦,又丑,居然……爱情!你是个女妖婆!但这正合棕红头发的野男人的心意……他需要我的钱财,而不是她的爱情……

〔雅可夫上,递给安娜·彼得洛芙娜一张名片。

沃依尼采夫 谁的名片?

安娜 巴维尔·彼得洛维奇,别说了!(念)"格拉戈列耶夫伯爵"。需要这种礼节吗?请他进来!(向老格拉戈列耶夫)波尔菲里·谢苗诺维奇,是您的儿子!

老格拉戈列耶夫 我的儿子?他怎么来了?他在国外呀!

〔小格拉戈列耶夫上。

十七

上一场的人和小格拉戈列耶夫。

安娜 基里尔·波尔菲里耶维奇！太好了！

老格拉戈列耶夫 （站起）你，基里尔……来了？（坐下）

小格拉戈列耶夫 你们好，夫人！普拉东诺夫，维格罗维奇，特里列茨基……怪人普拉东诺夫也在这里……向你们致敬！俄罗斯太热了……我刚从巴黎来！刚离开法兰西的土地！唔……你们不相信？这是真话！刚把皮箱放到家里……咴，巴黎，先生们！那是个城市！

沃依尼采夫 请坐，法国人！

小格拉戈列耶夫 不，不，不，我不是来做客的，我只是……我只是想见到父亲……（向父亲）你这是怎么搞的？

老格拉戈列耶夫 怎么回事？

小格拉戈列耶夫 你是想吵架？你为什么不给我寄钱？

老格拉戈列耶夫 咱们到家里去说……

小格拉戈列耶夫 你为什么不给我寄钱？你还笑？你以为这是开玩笑？你开玩笑？先生们，没有钱在国外能够生活吗？

安娜 你在巴黎生活得好吗？基里尔·波尔菲里耶维奇，您请坐！

小格拉戈列耶夫 就是因为他，我回国仅仅带了个牙签！

我从巴黎给他发了三十五封电报！我问你，你为什么不给我寄钱？你脸红了？害臊了？

特里列茨基 您别嚷嚷，先生！您再嚷嚷，我就把您的名片寄给法院检察官，起诉您冒用伯爵的尊号！不像话！

老格拉戈列耶夫 基里尔，别闯祸！我想，有六千卢布就足够了。平静一下！

小格拉戈列耶夫 给我钱，我还要走！现在就给！我要走！快给！我急着走！

安娜 您匆忙什么？来得及！你还是给我们讲讲您旅行的故事……

雅可夫 （上）准备好了！

安娜 是吗？那么，先生们，咱们去用餐了！

特里列茨基 用餐？乌拉！（一手拉着沙萨，一手拉着小格拉戈列耶夫，往外跑）

沙萨 放开！淘气鬼，放开！我自己走！

小格拉戈列耶夫 放开！怎么这样不礼貌？我不喜欢开玩笑！（挣脱开来）

〔沙萨和特里列茨基跑下。

安娜 （挽着小格拉戈列耶夫的手）巴黎人，我们一起走！没有必要为一点小事激动！阿勃拉姆·阿勃拉莫维奇，季莫菲·戈尔杰耶维奇，请！

〔与小格拉戈列耶夫一起下。

布格罗夫 （站起，伸懒腰）等这顿饭等得筋疲力尽了。（下）

普拉东诺夫 （向索菲娅·叶戈洛芙娜伸出手）请允许？看您一双惊异的眼睛！对于您来说，这个世界是个神秘的世界。（轻声）这个世界是傻瓜的世界，索菲娅·叶戈洛芙娜，不可救药，走投无路的傻瓜……

〔和索菲娅·叶戈洛芙娜一起下。

老维格罗维奇 （向儿子）现在看到了吧？

小维格罗维奇 这是个独一无二的坏蛋！（与父亲一起下）

沃依尼采夫 （推伊凡·伊凡诺维奇）伊凡·伊凡诺维奇！伊凡·伊凡诺维奇！吃饭了！

伊凡 （跳起）啊？谁？

沃依尼采夫 没有谁……咱们吃饭去！

伊凡 很好，亲爱的！

〔和沃依尼采夫及谢尔博克下。

十八

彼特林和老格拉戈列耶夫。

彼特林 想吗？

老格拉戈列耶夫 我不反对……我已经对你说了！

彼特林 亲爱的……你非得结婚吗？

老格拉戈列耶夫 兄弟，我不知道。她还愿意吗？

彼特林 她愿意！上帝惩罚我好了，她愿意！

老格拉戈列耶夫 谁知道！不要推测……别人的心思猜不透。你这么张罗干什么？

彼特林 我在为谁张罗？你是个好人，她也是个好人……愿意吗，我跟她说说？

老格拉戈列耶夫 我自己会说。你先闭嘴……如果可以，就别张罗！我自己会求婚。（下）

彼特林 （一人）要是你自己会就好了！上帝的圣徒，想想我的处境！……让将军夫人嫁给他吧，我是个有钱的人！用期票付钱，上帝的圣徒！有了这么喜人的想法，吃饭的胃口都没有了。上帝的仆人安娜和波尔菲里，或是，波尔菲里和安娜结婚之喜……

十九

彼特林和安娜·彼得洛芙娜。

安娜 您怎么不吃饭？

彼特林 安娜·彼得洛芙娜，我可以给您点暗示吗？

安娜 给吧，但快一点，好吗……我没有时间……

彼特林 嗯……您能给一点钱吗？

安娜 这算什么暗示？这完全不是暗示。您需要多少？一个卢布，两个卢布？

彼特林 给我兑现些期票吧。这些期票我看都看烦了……期票，这是带欺骗性的，是虚无缥缈的。人家说你拥有,而实际上你并不拥有!

安娜　您还在说那个六千卢布的事吗?您怎么不害臊?您苦苦哀求这笔钱的时候,您难道不感到有愧?您不感到作孽?凭什么这些臭钱要给您这个老光棍?

彼特林　给我这些钱是因为它们是属于我的。

安娜　这些期票是您从我丈夫那里骗来的,那时他病着,头脑不清醒……这您记得吗?

彼特林　大姐,这算什么?期票之所以是期票,是因为可以拿着它们去要钱。见票给钱。

安娜　好的……好的……够了。我没有钱!您走吧,您去抗议好了!啊嘿,您还是个法学专家!要知道,您活不了几天了,为什么还想骗钱?您是个怪人!

彼特林　大姐,我可以给您点暗示吗?

安娜　不行。(向门口走去)去吃饭吧!

彼特林　大姐,请允许!亲爱的,请等一等!您喜欢波尔菲里吗?

安娜　这关您什么事?您管我什么事,您这个法学专家!

彼特林　什么事?(拍拍胸脯)请问,谁是死去的将军的头号朋友?是谁给躺在棺材里的他合上了眼睛?

安娜　您,您,您!所以您是个好样的!

彼特林　我去为他的亡灵喝杯酒……(叹息)也为您的健康!夫人,您是个骄傲、傲慢的女人!骄傲是罪过……(走下)

　　[普拉东诺夫上。

二十

安娜·彼得洛芙娜和普拉东诺夫。

普拉东诺夫 这叫什么自尊心！你赶他走,但他还坐着,若无其事……这真是卑鄙自私的自尊心！亲爱的夫人,您怎么想的?

安娜 您平静下来了吗?

普拉东诺夫 我平静下来了……但是我们不必生气……(吻她的手)所有这些人,我亲爱的将军夫人,任何一个人都有权把他们从您的家里赶出去……

安娜 沉不住气的米哈依尔·瓦西里耶维奇,我本来也是可以自己把这些客人赶走的!……我们的悲哀恰恰是在这里,您今天高谈阔论的良知,只有在理论上讲得通,但在实践中行不通。无论是我,还是您的生花妙语,都无权把他们赶走。要知道所有这些人都是我们的施舍者、贷款人……我要斜了眼看他们一下,明天我们就不会再留在这个庄园上……或是庄园,或是良知,您看怎么选择……我选择庄园……亲爱的演说家,您要明白,如果您觉得我还是不离开这块美丽的地方好,那么您不要向我提起良知,也不要打扰我的这些客人……那边在叫我……今天吃过午饭我们骑马出去遛遛……不许走!(打了一下他肩膀)我们有好日子过! 我们吃饭去!(下)

普拉东诺夫 (沉默之后)但我还是要把他赶走……

我要把所有的人赶走!……这很愚蠢,也不策略,但……我要把他们赶走……答应不打扰这些混蛋的,但又有什么办法呢?性格——是自由的元素,更不要说无性格了……

[小维格罗维奇上。

二十一

普拉东诺夫和小维格罗维奇。

小维格罗维奇 您听我说,教师先生,我劝您别打扰我父亲。

普拉东诺夫 谢谢您的劝告。

小维格罗维奇 我不跟您开玩笑。我父亲认识很多很多人。所以他很容易把您的饭碗打碎,我警告你。

普拉东诺夫 宽宏大量的少年!怎么称呼您?

小维格罗维奇 伊萨克。

普拉东诺夫 这么说,是阿勃拉姆生了伊萨克。宽宏大量的少年,谢谢!我也要劳您驾转告您父亲一句话:我希望他和他认识的很多人消失得无影无踪!去吃饭吧,要不那边的饭桌上缺您一人,少年!

小维格罗维奇 (耸肩,走向门口)奇怪,如果不是愚蠢的话……(站住)您是否认为我生您气是因为你不给我父亲安宁?完全不是。我是在学习,而不是在生气……我通过您来研究现代的恰茨基[1]。还有……我理解您！如果您心里痛快，如果您不是这样无赖，那么，请您相信，您不会去打扰我父亲的。您，恰茨基先生，不是在追求真理，而是在寻欢作乐……您手下没有奴仆了，总得找个什么人做您的出气筒呀！好吧，您就在所有的人身上撒气吧……

普拉东诺夫 （笑）真的，您说得很棒！而您知道吗，您有这样的小小的考虑……

小维格罗维奇 还有这样一个不体面的情况：您从不与我的父亲作面对面的争论，而是为了自己开心选择了客厅这样的环境，在这样的环境里，您在一群愚蠢的人的面前，显得自己鹤立鸡群！噢，您真会演戏！

普拉东诺夫 我想再过十年或五年再跟您谈谈……看看您能保持一个什么样子？是不是还能原封不动地保留您现在这个腔调，这个神态？您会变坏的，少年！您的医道好吗？……瞧您的面孔，不妙……您会变坏的！您去吃饭吧！我再也不想跟您谈话了。我不喜欢您这副可恶的嘴脸……

小维格罗维奇 （笑）美学家。（走向房门）可恶的嘴脸也要比准备挨耳光的嘴脸要好。

普拉东诺夫 是的，要好……但……吃您的饭去吧！

---

[1] 恰茨基是十九世纪俄国作家格里鲍耶陀夫的剧本《智慧的痛苦》中的主人公，他是旧俄社会的激烈的批判者。

小维格罗维奇 我们不相识……请您别忘了……(下)

普拉东诺夫 (独自一人)一个知道很少,想得很多,私下里夸夸其谈的少年。(通向房门看餐厅)这是索菲娅。她在四处张望……她在用她那柔和的眼睛寻找我。她还是那么美丽!她的面孔多么好看!头发还是那么漂亮!还是那个颜色,还是那个发型……我曾经吻过多少次的头发!她的头发能勾起我多少美好的回忆……(停顿)

难道我也到了仅仅依靠回忆来得到满足的时光?(停顿)

回忆是美好的,但……难道我……已经完结?啊嘿,但愿不是这样!但愿不是这样!宁可死……应该活着……我还年轻!

〔沃依尼采夫上。

二十二

普拉东诺夫和沃依尼采夫,然后是特里列茨基。

沃依尼采夫 (进门,一边用餐巾擦嘴)咱们去为索菲娅的健康喝一杯,不要躲起来!……怎么啦?

普拉东诺夫 我在欣赏您的妻子……漂亮女人!

〔沃依尼采夫笑。

普拉东诺夫 您是个幸福的人!

沃依尼采夫 是的……我自己也意识到……我是个幸福的人。不是那种幸福,而是从这个角度……不能够完全……但总的来说我很幸福!

普拉东诺夫 (通过房门注视餐厅)谢尔盖·帕甫洛维奇,我很早就认识她了!我知道她,就像是知道自己的五个手指。她多么美丽,而她曾经多么美丽!非常遗憾,您不知道那个时候的她!她多么美丽!

沃依尼采夫 是的。

普拉东诺夫 那眼睛?!

沃依尼采夫 还有头发?!

普拉东诺夫 她曾经是个美妙的姑娘!(笑)而我的沙萨,我的好人儿……她就坐在那里!伏特加的酒瓶稍稍挡住了她!她因为我的举动而着急,恼怒!可怜的她,为一个想法痛苦着,那就是现在所有的人都指责我,厌恶我,仅仅是因为我和维格罗维奇吵了嘴!

沃依尼采夫 请允许我提个很冒昧的问题……你和她幸福吗?

普拉东诺夫 家庭,兄弟……你如果夺去我的家庭,我可能就彻底完蛋了……噢!活到了一定年龄,你就知道了。就是给我一百万个卢布我也不出让我的沙萨。我和她是最般配的一对……她很傻,而我无用……

[特里列茨基上。

普拉东诺夫 (向特里列茨基)吃饱喝足了?

特里列茨基 过瘾。(敲打自己的肚子)堡垒!坏家伙,咱们去喝……为了先生的光临,应该喝点……哎嘿!兄弟……(抱住两人)去喝酒!哎嘿!(伸腰)哎嘿!我们的生活是人的生活!男人是幸福的……(伸腰)坏家伙!骗子……

普拉东诺夫 你今天去看过病了吗?

特里列茨基 这个以后再说……米沙,我就跟你说这最后一次,你不要惹我!你那一套说教让我厌恶!做一个善良的人!你总应该清醒了吧,我是一堵墙,而你是粒豌豆!如果你实在急不可耐,如果你秃头发痒,那么你尽可用写信的方式,告诉我你想说的话。我牢记在心!或者,你甚至可以在一个专门的时间内对我进行教育。一昼夜给你一小时……比如,从下午四点到五点,愿意吗?我甚至可以给你这一个小时的报酬。(伸腰)整天,整天……

普拉东诺夫 (向沃依尼采夫)请给我作出解释,《新闻报》上的布告是怎么回事?难道正到了时候了?

沃依尼采夫 不,你别担心!(笑)这是个小小的商业炒作……将有个拍卖会,格拉戈列耶夫将买下我们的庄园。波尔菲里·谢苗诺维奇将给我们解脱银行债务,将来我们不是向银行,而是向他支付利息。这是他的主意。

普拉东诺夫 我不明白。他这么做自己能得什么好处?是他的馈赠?我不明白这种赠品,你们也未必需要……

沃依尼采夫 不……再说，连我自己也不完全明白……你去问我妈妈，她会给你解释……我只知道拍卖之后，庄园还归我们所有，为此，我们得向格拉戈列耶夫支付一笔钱。妈妈现在就给他支付五千卢布。不管怎么说，与他打交道总要比与银行打交道好，噢，我讨厌那个银行！特里列茨基没有讨厌你，但我已经讨厌银行！让我们抛开商业交易！（拉普拉东诺夫的手）走，咱们去为我们的友谊干杯！尼古拉·伊凡诺维奇！咱们走，兄弟！（拉住特里列茨基的手）我们去为我们的友谊干杯，朋友们！就让命运剥夺我的一切好了！让所有这些商业交易见鬼去吧！但愿我所爱的人，你们，我的索菲娅，我的后妈，都活得好好的！我的生命在你们身上！咱们走！

普拉东诺夫 我走。我为一切干杯，应该，为一切！我好久没有喝醉了，我想一醉方休。

安娜 （在房门口）噢，友谊，这就是你！好一个三人行！（唱歌）"我架上飞快的三套马车……"

特里列茨基 棕色的马……朋友们，从喝白兰地酒开始！

安娜 （在房门口）走吧，好吃懒做的人，去吃吧！饭菜都凉了！

普拉东诺夫 噢，友谊，这就是你！我总是在爱情上很走运，但是在友谊上总不走运。先生们，我担心你们也要为我的友谊哭泣！让我们为包括我们的友谊在内的一切友谊都有个美好的结局,干杯!让这友谊美好得始终如一!

〔一起走进餐厅。

——幕落

第二幕

第一景

花园。前景是一个带有圆形林荫小路的花圃。花圃中央有个雕塑。雕塑上端是个浅盆油灯。散放着长椅,短椅,小桌子。右侧是房子的正门。门廊的台阶。窗子开着,从窗子里传出说笑声,钢琴、小提琴的演奏声(卡德里尔舞曲与华尔兹舞曲等)。舞台深处有一个中国式的亭子,上面挂着路灯。亭子后边有人在玩九柱戏;听得见木球滚动的声音和人的叫喊声:"五个好球!四个坏球!"等等。花园和房屋都亮着灯。客人和仆人在花园里穿行。仆人瓦西里和雅可夫身穿黑色的燕尾服,他们在悬挂路灯,点亮油灯。他俩都有点醉意。

一

布格罗夫和特里列茨基（戴有帽徽的制帽）。

特里列茨基 （与布格罗夫挽着手从屋子里出来）季莫菲·戈尔杰耶维奇，给吧！你为什么不给？我是向你借钱！

布格罗夫 相信上帝，我做不到！别生我气，尼古拉·伊凡诺维奇！

特里列茨基 季莫菲·戈尔杰耶维奇，你做得到啊！你什么都做得到！你能把整个世界都买下来，只是你不愿意！要知道我是向你借钱！你要明白，你这个怪人！说真的，我不还！

布格罗夫 您瞧，您瞧到了吗？你说漏了嘴，不想还钱！

特里列茨基 我什么也看不见！我只是看到了你的冷漠。给吧，大人物！不给？给吧！我求你了！你难道是个冷漠无情的人？你的心到哪去了？

布格罗夫 （叹息）嘿，嘿，尼古拉·伊凡诺维奇！您治病治不了，钱倒不少拿……

特里列茨基 你说得好！（叹了口气）你说的对。

布格罗夫 （拿出钱包）您也会开玩笑……刚说点什么，就"哈—哈—哈"，能这样吗？不能这样……尽管没有文化，你也受洗过，像您的有学问的朋友一样……如果我说话不对，您可以指正，而不应该笑……这样。我们是粗人，头发上没有扑粉，我们的皮肤是烧烤过的，对我们不要要求太高，请原谅……（打开钱包）尼古拉·伊凡诺维奇，这是最后一次！（点钱）一……六……十二……

特里列茨基 （瞧着钱包）天老爷！谁说俄国人没有钱！你从哪弄到那么多钱？

布格罗夫 五十……（给他钱）这是最后一次。

特里列茨基 这是张什么票子？你把它给我。它那么温顺地瞧着我！（拿钱）把那张票子也给我！

布格罗夫 （又给了他钱）拿好！尼古拉·伊凡诺维奇，您太贪婪！

特里列茨基 都是些小票子……你难道都是沿街乞讨来的？它们不会是假币吧？

布格罗夫 如果是假币，您还我好了！

特里列茨基 如果你需要这些钱，我可以归还给你……谢谢，季莫菲·戈尔杰耶维奇！祝你继续发福得勋章。季莫菲·戈尔杰耶维奇，请告诉我，你为什么要过这种不正常的生活？喝很多酒，嗓子沙哑，经常出汗，不按时睡觉……比如，你为什么现在不睡觉？你是个性子火爆的人，你应该早点睡觉！你的血管也比别人粗。能这么不珍惜自己吗？

布格罗夫 怎么的？

特里列茨基 你说怎么的？不过，你别担心……我是开玩笑……你离死还早……活你的吧！季莫菲·戈尔杰耶维奇，你有很多钱？

布格罗夫 这辈子够用了。

特里列茨基　季莫菲·戈尔杰耶维奇,你是个聪明人,但也是个大骗子!你原谅我……我是出于友谊……要知道我们是朋友啊,大骗子!你为什么买下沃依尼采夫的期票?你为什么给他钱?

布格罗夫　尼古拉·伊凡诺维奇,这不是您能搞得懂的事!

特里列茨基　你想和维格罗维奇一起把将军夫人的矿山骗走?说是将军夫人可怜前妻的儿子,不让他完蛋,便把矿山给了你?你是个大人物,但是个骗子!说谎的人!

布格罗夫　尼古拉·伊凡诺维奇,这么说……我到亭子旁边找个地方去打个盹,什么时候开饭,请您来把我叫醒。

特里列茨基　好!你去睡觉吧。

布格罗夫　(一边走)如果不开饭,那么十一点半叫醒我!(向亭子走去)

二

特里列茨基和沃依尼采夫。

特里列茨基　(看着钱)还有穷人的味道……坏蛋!把这钱放到哪去?(向瓦西里和雅可夫)喂,你们这些雇工!瓦西里,把雅可夫叫来,雅可夫,把瓦西里叫来！过来！快点！

　　[雅可夫和瓦西里走近特里列茨基。

特里列茨基　他们都穿着燕尾服！见鬼！你们真像老爷！（给雅可夫一个卢布）给你一卢布！（给瓦西里）给你一卢布！给你们钱，是因为你们都长着长鼻子。

雅可夫和瓦西里　（鞠躬）尼古拉·伊凡诺维奇，多谢了！

特里列茨基　你们这些斯拉夫人晃悠个什么？喝醉酒了？两个人都像绳子？要是被将军夫人知道，她非得惩罚你们！打你们耳光！（再给每人一卢布）再给一卢布！这是因为你叫雅可夫，他叫瓦西里，而不是相反！再鞠个躬！

　　[雅可夫和瓦西里鞠躬。

特里列茨基　完全正确！再给你们每人一个卢布，是因为我叫尼古拉·伊凡诺维奇，而不是伊凡·尼古拉耶维奇！（再给他们钱）鞠躬吧！这样！小心，别都买酒喝了！而我要喝苦药！你们太像老爷了！去把路灯点亮吧！快去！烦你们了！

　　[雅可夫和瓦西里离去。沃依尼采夫走过舞台。

特里列茨基　（向沃依尼采夫）给你三个卢布！

　　[沃依尼采夫接过钱，机械地把它们放进口袋，走向花园深处。

特里列茨基　说声谢谢呢！

　　[伊凡·伊凡诺维奇和沙萨从屋子里出来。

三

特里列茨基,伊凡·伊凡诺维奇和沙萨。

沙萨 (上)我的上帝!这一切什么时候才能了结?你为什么这样惩罚我?这一位喝醉了,尼古拉也喝醉了,米沙也喝醉了……总该害怕上帝吧,如果不怕丢人现眼,就是没有廉耻的人!大家都在看着你们!大家都在朝你们指指戳戳,我心里好过吗!

伊凡 不是这样,不是这样!等一等……你把我闹糊涂了……等一等……

沙萨 不能把你们请到有教养的人家里去!刚进家门,就喝得大醉!真不像话!你还是长辈,你应该给大家做个榜样,而不应该跟他们一起喝酒!

伊凡 等一等,等一等……你把我闹糊涂了……我说什么来着?是的!沙萨,我不说谎!请相信我!我再服役五年,就当将军了!我没有当上将军,你怎么想的?嘿!……(笑)我这样的性格居然没有当上将军?我这样的教育?你什么也不明白……你不明白……

沙萨 咱们走吧!将军不这么喝酒的。

伊凡 人高兴了都喝酒!要是能当上将军!你闭嘴,求你了!像你妈一个样!真的!白天,黑夜……她都不满意这个,不满意那个……我说什么了?是的!你完全像你母亲,我亲爱的!完全……眼睛也像,头发也像……走道也像，像小鹅……（吻她）我的天使！你完全像死去的妈妈……我是多么爱她！老家伙没有把她保护好！

沙萨　够了……咱们走吧！说真的，爸爸……你该戒酒了，也不要再发酒疯。这是健康人的特权……他们毕竟年轻，而你已经老了，不合宜，真的……

伊凡　我的朋友，我听你的！我懂！我不喝了……我听你的……真的……我懂……我说什么了？

特里列茨基　（向伊凡·伊凡诺维奇）给钱，阁下，一百戈比！（给他一个卢布）

伊凡　好的……我收下，我的儿子！谢谢……别人的钱我不拿，但自己儿子的钱，我一定拿……拿了心里还高兴……孩子，我不喜欢别人的钱财！你们的父亲是清白的！我一辈子既没有抢劫过国家，也没有抢劫过自家。我只要把手稍稍往什么地方伸一伸，我就会飞黄腾达的！

特里列茨基　爸爸，这当然很好，但也不要吹嘘！

伊凡　尼古拉，我不是吹嘘。我的孩子们，我是在教育你们！开导你们……你们要对造物主负责！

特里列茨基　你们到哪去？

伊凡　回家。我送送她……她缠上我了……我只好送她回家。送了她后，我自己还要回来。

特里列茨基　当然要回来。（向沙萨）也给你点钱？给你，给你！三个卢布！给你三个卢布！

沙萨　再加两个。我要给米沙买夏天的裤子，否则他就只剩一条裤子。只剩一条裤子多可怕!要洗裤子的时候只好穿上呢子裤子……

特里列茨基 依了我,我什么也不给他,不管是夏天的裤子,还是呢子裤子!但我拿你有什么办法?好了,再给你添两个卢布!(给钱)

伊凡 我说什么来着?是的……现在记起来了……是这样……我的孩子们,我在总参谋部服务过……我用头抗击敌人,我用脑子让土耳其人流血……我不知道刺刀见红,不知道……是这样的……

沙萨 我们干吗站着?该走了。柯里亚,再见!爸爸,咱们走!

伊凡 等一等!看在上帝的分上别说话!塔尔—塔尔—塔尔……崔萨尔卡!施克沃列茨![1]我的孩子们,就应该像这样生活!诚实,高贵,纯洁……是的……我得过三级符拉基米尔勋章……

沙萨 爸爸,行了!咱们走!

特里列茨基 不用你宣传,我们也知道你是个什么人……走吧!

伊凡 尼古拉,你是个聪明透顶的人!但愿你能成为一代名医皮罗戈夫!

特里列茨基 走吧,走吧……

伊凡 我说什么来着?是的……我见过名医皮罗戈

---

[1] "塔尔—塔尔……"模拟鸟儿叽叽喳喳声,"崔萨尔卡"及"施克沃列茨"皆为俄语中鸟的名字。

夫……那还是在基辅的时候……是的，是的，是个绝顶聪明的人……很不错……好，我走……我们走，沙萨！我，孩子们，年老体弱了……快要死了……唷，上帝，原谅我们这些有罪的凡人吧！有罪的，有罪的……是的……孩子们，我有罪！现在我在为财神爷效劳，而年轻的时候我是不信神的。物质！物质和力量！我的上帝……是的……孩子们，求求上帝，别让我死！沙萨，你已经走了？你在哪？噢，你在这里……咱们走……

〔安娜·彼得洛芙娜往窗外看。

特里列茨基 而自己不动窝……说上瘾啦……好了，走吧！别在磨房旁边走，那里的狗咬人。

沙萨 柯里亚，他的上衣你拿着……给他，否则他要感冒的……

特里列茨基 （脱下上衣把它穿在父亲身上）走吧，老头！向左转……朝前走！

伊凡 向左转！是的，是的……尼古拉，你很对！上帝有眼，你很对！米哈依尔，我的女婿，也对！有自由思想，但正确！我走，我走……（他们走去）我们走，沙萨……你走吗？我来抱你走！

沙萨 说什么蠢话！

伊凡 我来抱你走！以前我总是抱你妈妈走的……抱着她，我常常自己也摇晃起来……有一次我和你妈妈一起从山坡上滚下来了……她只是笑了，但没有生气……得，我来抱你走！

沙萨 别胡来……把衣服穿好,(帮他穿好上衣)你还很精神!

伊凡 是的,是的……

　　〔他们离去。彼特林和谢尔博克上。

四

特里列茨基,彼特林和谢尔博克。

彼特林 (挽着谢尔博克的胳膊从屋子里出来)你在我面前摆上五万卢布,我就拿走……但老实说,我会拿走的……只要不出事儿……我就拿……要是把钱搁在你面前,你也会拿。

谢尔博克 我不拿,格拉辛姆!不拿!

彼特林 放上一个卢布,我也照拿不误!诚实!唷,唷,谁需要你的诚实?诚实的人是傻子……

谢尔博克 我是傻子……就让我当傻子好了……

特里列茨基 老头子,来,给你们一人一个卢布。(给他们一人一个卢布)

彼特林 (接过钱)给吧……

谢尔博克 (笑着接钱)谢谢,医生先生!

特里列茨基 尊敬的先生们,拌嘴了吧?

彼特林 没有什么大事……

特里列茨基 为了你们的灵魂安宁,再给你们一人一卢布。你们可是有罪的吧？拿着吧！本来要对你们不客气的……但今天是个节日，我宽宏大量了，见鬼！

安娜 （从窗口）特里列茨基，也给我一个卢布！（在窗口消失）

特里列茨基 给您不是一个卢布，而是五个卢布，将军夫人！我就来！（进屋里去）

彼特林 （瞅着窗子）仙女，躲起来了？

谢尔博克 （瞅着窗子）躲起来了？

彼特林 我无法忍受！这女人不好！骄横得很……女人嘛，应该是温顺的，有礼貌的……（摇头）你看到格拉戈列耶夫了吗？他也是个怪人！坐在一个地方一声不吭！难道能这样向女人献殷勤！

谢尔博克 结婚！

彼特林 什么时候他能结婚？过一百年？多谢您了！过一百年我不需要。

谢尔博克 格拉辛姆，他不需要结婚……如果需要结婚，他娶个头脑简单的女人……而他对她也不合适……她是个年轻的、火热的、欧洲型的女人，还是有文化的……

彼特林 要是能结婚！我多么希望这个，简直不能用言语来表达！要知道，将军一死，他们就什么也没有了！将军夫人有矿山，但维格罗维奇正瞄着呢……我怎么能和维格罗维奇竞争？我现在拿着期票能从他们那儿拿到什么？

谢尔博克 什么也拿不到。

彼特林　如果她嫁给格拉戈列耶夫,我就能知道我该从哪拿到钱……现在我先办理拒付期票的手续……或者为了不让她前夫生的儿子断了生计,说她会付钱的!哈哈!但愿我的愿望能够实现!巴维尔,一万六千卢布呀!

谢尔博克　而我有三千卢布……我的老太婆要我去取……我怎么取?我不会伸手要钱……他们不是农民……他们是朋友……她自己来取好了……格拉辛姆,咱们走,到厢房里去!

彼特林　为什么?

谢尔博克　到女人堆里去聊聊天……

彼特林　杜尼娅在厢房吗?

谢尔布克　在。(他们开始走)她们那儿热闹……(唱)"啊,我不在那里生活,我多么不幸!"

彼特林　嘿—嘿……(大声)好!(唱)"在好朋友家里,我们快乐地迎接新年……"

　　〔一起下场。

五

沃依尼采夫和索菲娅·叶戈洛芙娜从花园深处出来。

沃依尼采夫　你想什么?

索菲娅　我不知道。

沃依尼采夫 你在逃避我的帮助……难道我帮不了你?索菲娅,是什么秘密?不让丈夫知道的秘密……

[两人坐下。

索菲娅 什么秘密?我自己也不知道我发生了什么……谢尔盖,请不要徒劳地折磨我!别在意我的怪脾气……(停顿)谢尔盖,咱们离开这里吧!

沃依尼采夫 离开这里!

索菲娅 是的。

沃依尼采夫 为什么?

索菲娅 我想……哪怕是出国,我们离开这儿好吗?

沃依尼采夫 你这么想……为什么呢?

索菲娅 这里很好,很快活,但我不行……一切都很好,都很太平……但需要离开这里。你答应过我不追问的。

沃依尼采夫 咱们明天走……明天这里就见不到我们了!(吻她的手)你在这里感到无聊!这是明摆着的!我理解你!鬼知道,这是什么环境!都是彼特林,谢尔博克之流……

索菲娅 他们没有过错……不要打扰他们。(停顿)

沃依尼采夫 你们女人为什么有那么多烦恼?烦恼什么?(吻妻子的面颊)行了!高兴一点!活着就好好活!难道不能像普拉东诺夫说的那样,把这烦恼一阵风吹掉?是啊,很及时地提到了普拉东诺夫!你为什么很少与他交流?他可不是等闲之辈,他是个极有趣的人。你可以和他说说知心话,放开一些!

这样烦恼就无影无踪了！和妈妈也多多交谈，还有特里列茨基……（笑）说说话，不要居高临下地注视他们！你还不了解这些人……我向你推荐他们，是因为这些人很合我的口味。我喜欢他们。你了解了他们，也会喜欢他们的。

安娜 （从窗口）谢尔盖！谢尔盖！谁在那儿？请叫一声谢尔盖·帕甫洛维奇！

沃依尼采夫 有什么事？

安娜 你在这儿？过来一下！

沃依尼采夫 马上来！（向妻子）我们明天离开这儿，如果你不改变想法的话。（向屋子走去）

索菲娅 （停顿之后）这简直是不幸！我已经能够整天不想丈夫，忘记他的存在，不把他说的话放在心上……多累赘呀……怎么办？（想）真可怕！结婚才没多久，就已经……这都是因为……普拉东诺夫！没有力量也没有法子抗拒这个人！他从早到晚地追寻着我，他用他的会说话的眼睛不让我得到安宁……这真可怕……而且也愚蠢，说到底！我没有力量保住我自己！他再往前走一步，那么，什么事情都可能发生！

六

索菲娅·叶戈洛芙娜和普拉东诺夫。

普拉东诺夫从屋子里走出来。

索菲娅 他来了!睁大眼睛在寻找!他寻找谁?从他的步态,我能知道他想找谁!他多么不地道,不肯让我得到安宁!

普拉东诺夫 好热!不妨喝点什么……(见到索菲娅)您在这里,索菲娅·叶戈洛芙娜?就您一个人?(笑)

索菲娅 是的。

普拉东诺夫 躲避凡夫俗子?

索菲娅 我没有必要躲避他们。他们不妨碍我,我也对他们不反感。

普拉东诺夫 是吗?(坐在旁边)您允许吗?(停顿)但如果您不躲避他人,那为什么要躲避我,索菲娅·叶戈洛芙娜?为什么?请您做个说明!很高兴,终于有了与您交谈的机会。您躲避我,眼睛不看着我……这是因为什么?是玩笑还是当真?

索菲娅 我根本没有想躲避您!您怎么有这个想法?

普拉东诺夫 一开始您很厚待我,而现在连看都不想看到我!我到一个房间——您到另一个房间,我去花园,您离开花园,我开始和你搭话,您用干巴巴的"是的"来应付我,然后离我而去……我们之间的关系变得莫名其妙……是我的过错?我讨厌?(站起)我感觉不到我有什么过错。劳驾您现在就把我从如此尴尬的处境中解脱出来,我不愿意再忍受了!

索菲娅 我承认,我有点……躲避您。如果我知道这给您带来如此的不愉快，我就不这样做了……

普拉东诺夫 您躲避我？（坐下）您承认了？但是……这是因为什么？

索菲娅 不要叫嚷，也就是……请不要大声说话！我想，您不是想教训我。我不喜欢有人向我嚷嚷。我不是刻意要躲避您，与您交谈……据我所知，您是个好人……这里所有的人都喜欢您，尊重您，有的人甚至崇拜您，把能与您交谈当作一种荣幸……

普拉东诺夫 说吧，说吧……

索菲娅 当我来到这儿头一次与您交谈后，我立刻产生了和大家一样的感觉，但是，米哈依尔·瓦西里耶维奇，我很不幸，很不走运，您很快就让我感到无法忍受……请原谅，我找不到更温和的用语……您几乎每一次都跟我谈起您曾经怎样地爱过我，我是曾经怎样地爱过您……大学生爱上少女，少女爱上大学生……这是老掉了牙的故事，没有必要再去谈论它，也没有必要十分在意它……问题还不在这里……问题在于您与我谈论这些往事的时候，您似乎是另有所图，似乎您以前没有获得的什么东西，要在现在得到补偿……您每天都老调重弹，每天都让我感到您在暗示某种强加在我们过去关系上的责任……我感到，您把我俩过去的关系看得太重了……也就是说，您夸大了我们的朋友关系！您用奇怪的眼神看着我，您失态地大喊大叫，抓住我的手，纠缠着我……像是在盯我的梢！这是为什么?……总而言之,您不给我安宁……这是干什么?我在您眼里算是什么?当然,可以这样理解,您是在等待您所需要的合适的时机……(停顿)

普拉东诺夫　说完了?(站起)谢谢您的坦率!(向门口走去)

索菲娅　您生气了?(站起)站住,米哈依尔·瓦西里耶维奇!为什么这样委屈?我并不愿意……

普拉东诺夫　(站住)您啊!(停顿)

原来是,您并不讨厌我,只是您害怕了,胆怯……索菲娅·叶戈洛芙娜,您胆怯了?(走近她)

索菲娅　普拉东诺夫,别这样说!您在撒谎!我没有害怕,也不想害怕!

普拉东诺夫　您的性格到哪去了?您的健全的头脑的判断力到哪去了?把遇到的每一个多少有点情趣的男人都看成是对您丈夫的威胁!即便没有您,我也会每天到这里来,我之所以与您谈话,是因为认为您是个聪明的、有理性的女人!这多么糟糕!再说……很抱歉,我太认真了……我没有权力跟您说这些……请原谅我的放肆……

索菲娅　谁也没有给您说这些话的权力!如果人们还听您说话,那也不能因此而可以说您想说的一切!请您离开我!

普拉东诺夫　(笑)大家追逐着您?!寻找着您,拉住您的手不放?!普拉东诺夫爱上您了,普拉东诺夫是个怪人?!何等的幸福!何等的陶醉!要知道这是些满足我们有小虚荣心的人的糖果,没有一个生产糖果的人会对它们感兴趣!真是可笑……这样的甜腻腻的东西对于一个开明的女人是不合适的!(向房子走去)

索菲娅 普拉东诺夫,您狂妄自大!您发疯了!(跟着他走,在门口停下)真可怕!他为什么要说这些?他是想压垮我……不,我无法忍受……我得去跟他说说(进屋)

[奥辛普从亭子里出来。

七

奥辛普,雅可夫和瓦西里。

奥辛普 (走上)五个好球!六个坏球!鬼知道他们在干什么!还不如去玩玩纸牌……(向雅可夫)雅可夫,你好!维格罗维奇在这里吗?

雅可夫 在这里。

奥辛普 去叫他一声!悄悄地把他叫出来!对他说有事相告……

雅可夫 好吧。(进屋)

奥辛普 (摘了一个路灯,把它吹灭,放进自己的口袋)去年进城到了达丽娅·伊凡诺芙娜家,偷来的东西出手了,和姑娘们一块喝酒,玩纸牌……至少押三个戈比……输分要罚到两个卢布。我那次赢了八个卢布……（摘下另一个路灯）在城里是真快活！

瓦西里　这路灯不是为您挂的！您把它们摘了？

奥辛普　我竟然没有发现你！蠢驴，你好！生活得怎么样？（走近他）过得怎么样？（停顿）嘿，你啊，是匹马！嘿，你啊，你这个放猪的人！（摘下他的帽子）你这人太可笑了！真的，太可笑！你哪怕稍稍有点脑子也好呢！（把帽子扔到树上）你打我耳光好了，就当我是个坏人！

瓦西里　还是让别人来打您吧，我不打！

奥辛普　不想打死我？不，如果你还有点脑子的话，你不会叫别人来帮你打我，而是自己打！你在我脸上吐唾沫吧，就当我是个坏人！

瓦西里　我不吐唾沫。您干吗逼我？

奥辛普　你不吐？这么说，你怕我？跪在我面前！（停顿）哎？跪下！我在对谁说话？是对活人还是对墙？我在对谁说话？

瓦西里　（跪下）奥辛普·伊凡诺维奇，您罪过！

奥辛普　跪着害羞？这让我高兴……一个穿着燕尾服的先生给一个强盗下跪……好了，现在大声喊一声乌拉……喊吗？

〔老维格罗维奇上。

八

奥辛普和老维格罗维奇。

老维格罗维奇 （从屋里走出）谁叫我？

奥辛普 （赶紧脱帽）我，老爷！

［瓦西里站起，坐在长椅上哭泣。

老维格罗维奇 有什么事？

奥辛普 您在酒店里找我来着，所以我就来了！

老维格罗维奇 是这样……但是……难道不能找另外一个地方？

奥辛普 老爷，对于好人来说，一切的地方都是好的！

老维格罗维奇 我是需要找你……咱们别在这里……那边有条长椅！

［他们走向一条在舞台深处的长椅。

老维格罗维奇 你离我稍稍远一点，就好像你不在和我说话……就这样！是酒店老板列夫·索洛盖内奇派你来的？

奥辛普 是的。

老维格罗维奇 搞错了……我不是想找你，但……有什么办法呢？拿你没有办法。本来是不该跟你打交道的……你这个人不地道……

奥辛普 很不地道！世上没有比我更坏的人。

老维格罗维奇 小声点！我给了你的钱简直是数不清，而你一点没有感觉，好像我的钱是石头，或者是什么没有用的东西……你胆子大了，偷鸡摸狗了……不理睬了？你不爱听真话？真话刺痛你眼睛？

奥辛普 真话是能刺痛人的，但不是您的真话，老爷！

您叫我来仅仅是为了教训我?

老维格罗维奇 小声点……你知道……普拉东诺夫?

奥辛普 就是那个中学教师?怎么不知道!

老维格罗维奇 是的,教师。但这个教师只会教别人怎么骂人。让你把他揍一顿需要付你多少钱?

奥辛普 怎么个揍一顿?

老维格罗维奇 不是打死,而是揍一顿……不能打死人……干吗打死人?谋杀是另一回事……揍一顿就是把他打得记住一辈子……

奥辛普 这我做得到……

老维格罗维奇 让他伤筋动骨,把他毁容……你干吗?嘘……有人来了……咱们走远一点……

[两人走到舞台深处。

[普拉东诺夫和格列科娃从屋里出来。

九

老维格罗维奇和奥辛普在舞台深处。普拉东诺夫和格列科娃。

普拉东诺夫 (笑)什么,什么?怎么的?(笑)怎么的?我没有听清……

格列科娃 您没有听清?怎么的?我可以再说一遍……我甚至可以说得更尖锐……当然,您不会生气的……您听惯了各种粗言恶语，我说的话未必能让您吃惊……

普拉东诺夫 说吧，说吧，美女！

格列科娃 我不是美女。谁说我是美女，谁就是没有审美情趣……坦白地说，我不漂亮。您怎么看？

普拉东诺夫 这个以后再说。现在您说！

格列科娃 那您听好……您要么是个非凡的人，要么是……一个坏蛋。二者必居其一。

［普拉东诺夫笑。

格列科娃 您笑……是啊，是可笑……（笑）

普拉东诺夫 （笑）她这么说！噢，傻姑娘！真有您的！（抱住她的腰）

格列科娃 （坐下）别……

普拉东诺夫 她也来这一套！搞搞科研，说说大话，能说出些什么妙语！就去和她搭档吧！（吻她）可爱的，独一无二的女骗子……

格列科娃 别……这算什么？我……我没有说……（站起又坐下）您干吗吻我？我完全不……

普拉东诺夫 说了话了，吓了人了！心想：我一开口就把人吓一跳！让人看看，我是一个多么聪明的女人！（吻她）散了神了……散了神了……眼睛也迷惘了，啊嘿，啊嘿……

格列科娃 您……您爱我吗？是吗？是吗？

普拉东诺夫 （尖声说话）而你爱我吗？

格列科娃 如果……如果……（哭）你爱吗？否则你不

会这样做的……你爱吗?

普拉东诺夫　我亲爱的,一点也不爱!抱歉得很,我不爱蠢货!爱一个傻姑娘,也是出于无所事事……噢!面色发白了!眼睛闪光了!瞧我们的!……

格列科娃　(站起)您是羞辱我?(停顿)

普拉东诺夫　怕是免不了挨耳光了……

格列科娃　我是有自尊心的……我不会弄脏我的手……我对您说了,可敬的先生,您要么是个非凡的人,要么是个坏蛋,现在我可以对您说,您是个非凡的坏蛋!我鄙视您!(走向屋子)我现在不会哭的……我很高兴,我终于看清了您是什么人……

　　[特里列茨基上。

十

　　上一场的人物和特里列茨基(戴大礼帽)。

特里列茨基　(走来)大雁在叫!它们是从哪飞来的?(抬头看天)这么早……

格列科娃　尼古拉·伊凡诺维奇,如果您多少还尊重我……和您自己,那么别和这个人打交道!

特里列茨基　(笑)得了!这是我一位可尊敬的亲戚!

格列科娃　还是朋友?

特里列茨基　也是朋友。

格列科娃　我不羡慕您。大概,也不羡慕他……您是个善良的人,但……这是个玩笑的口吻……有时,您的玩笑让人恶心……我不想让您生气,但……我受侮辱了……您还开玩笑!(哭)我受侮辱了……但我不哭……我是个有自豪感的人。您尽可以和这个人交往,对他的智慧顶礼膜拜……你们都认为他像哈姆雷特……你们尽管欣赏他好了!这与我无关……我不需要你们什么……你们尽可与他,与这个坏蛋说说笑笑好了!(走进屋子)

特里列茨基　(沉默之后)兄弟,你吃了吗?

普拉东诺夫　没有……

特里列茨基　米哈依尔·瓦西里耶维奇,凭良心说,该给这个小姐安宁了。真是丢脸,这么个聪明的、场面上的人却做出这样的事情来……怪不得叫您坏蛋……(停顿)我总不能将自己一分为二,一半的我尊敬您,而另一半的我喜欢那位叫您坏蛋的姑娘……

普拉东诺夫　您不必尊敬我,不必将自己一分为二。

特里列茨基　但我不能不尊敬你!你自己都不知道你在说些什么。

普拉东诺夫　那么只剩下一个可能:不要喜欢她。尼古拉,我真不理解你!你这个聪明人,在这个傻姑娘身上发现了什么好的?

特里列茨基　嘿……将军夫人常常责备我缺乏绅士风度,而且把你当作绅士风度的典范……而在我看来,对我的这个指责也完全可以移用到你身上……所有的你们，特别是你，到处都在说我爱上她了，嘲笑着，怀疑着，跟踪着……

普拉东诺夫 您说得再清楚一些……

特里列茨基 我说得已经很清楚了……你又竟然能当着我的面说她是傻姑娘……你不是绅士！绅士应该知道相爱的人是有自尊心的……兄弟,她不是傻姑娘！她不是！她是不必要的牺牲品！我的朋友,有的时候是需要憎恶什么人、折磨什么人、恶心什么人……为什么不能在她身上试验试验？她很合适！她弱小,温顺,对你信任备至……我太了解这个了……（站起）走,咱们去喝点什么！

　　[舞台深处，奥辛普与老维格罗维奇。

奥辛普 （向老维格罗维奇）如果您不把余下的都给我,我就偷拿一百卢布。关于这一点您不用怀疑！

老维格罗维奇 （向奥辛普）小声点！你要揍他的时候,别忘了说一句："尊贵的老板！"小心……走吧！（向屋子走去）

　　[奥辛普离开。

特里列茨基 见鬼,阿勃拉姆·阿勃拉莫维奇！（向老维格罗维奇）阿勃拉姆·阿勃拉莫维奇,你没有病？

老维格罗维奇 没有……感谢上帝,我很健康。

特里列茨基 多么可怜！而我多么需要钱！你相信吗？想钱都要想疯了……

老维格罗维奇 这么说,医生,您是想说,您想要病人

都要想疯了？（笑）

特里列茨基 笑话说得很好！说得很重但很好！哈哈哈！普拉东诺夫，笑吧！亲爱的，如果可以，给点钱！

老维格罗维奇 医生，您已经拿了我不少钱了！

特里列茨基 说这个干吗？谁不知道？我欠您多少钱？

老维格罗维奇 大概……大概是二百四十五卢布。

特里列茨基 大好人，给钱吧！借我钱，到时我会还的！做一个勇敢的好心肠的善人！最勇敢的犹太人是借钱不开收据的！做一个最勇敢的犹太人吧！

老维格罗维奇 犹太人……尽说犹太人，犹太人……我告诉您，我没有见过一个俄国人借钱不开收据的。我还要告诉您，借这么大数目的钱不开收据在哪都是不合规矩的！让上帝夺去我的生命好了，但我不能说谎！（叹气）你们这些年轻人可以从我们犹太人这里很成功地学到好多东西……（从口袋里取出钱夹子）您很愿意借钱，但您……也爱开玩笑……先生，这样不好！我是个老头……我有孩子……您可以认为是坏蛋，但要像人那样对待……您还上过大学……

特里列茨基 阿勃拉姆·阿勃拉莫维奇，您说得好！

老维格罗维奇 先生，这样不好……会让人以为，在你们这些文明文人和我的伙计之间没有任何差别……谁也没有给您权力不尊重人……您需要多少？懒人……这不好……您需要多少？

特里列茨基 你能给多少……（停顿）

老维格罗维奇　我能……给您……五十卢布……(给钱)

特里列茨基　很大方！(接钱)不少！

老维格罗维奇　医生，您戴了我的帽子！

特里列茨基　是你的？噢……(取下帽子)给你……你为什么不早出去玩玩？花不了多少钱！大礼帽犹太语怎么说？

老维格罗维奇　随便怎么说。(戴上帽子)

特里列茨基　你戴这个帽子很不合适。男爵，完全是男爵！你为什么不给自己买个男爵爵位？

老维格罗维奇　我什么也不明白！别纠缠我好吗？

特里列茨基　你是个大人物！为什么别人不想理解你？

老维格罗维奇　您最好说说，为什么不能让我得到安宁！

　　[老维格罗维奇下。

十一

　　普拉东诺夫和特里列茨基。

普拉东诺夫　你为什么拿他的钱？

特里列茨基　就是……(坐下)

普拉东诺夫　什么叫"就是"？

特里列茨基　拿了就完了！你是可怜他怎么的？

普拉东诺夫　问题不在这里，兄弟！

特里列茨基　在哪里呢?

普拉东诺夫　你不明白?

特里列茨基　不明白。

普拉东诺夫　你说谎,你说谎!(停顿)如果有一个星期,哪怕有一天,你能按某种规矩,哪怕最微不足道的规矩生活,我就会无限地爱你!对于像你这样的人,规矩,像每天的食粮一样,是必不可少的……(停顿)

特里列茨基　我什么也不明白……兄弟,我们改造不了我们的灵魂与肉体!我们摧毁不了她……关于这一点,我和你在中学里考拉丁文考不及格的时候就知道了……我们不要说气话……一句也不要说!(停顿)我的朋友。已经第三天了,我在一个女士那儿看到了《现代名人录》图片集,读到了这些名人的传记。亲爱的,你知道是怎么的?在这名人录里我和你的名字都没有,没有!怎么找也找不到!意大利人说:"放弃一切希望!"无论是我的名字还是你的名字,《现代名人录》里都没有,你想想看!我很平静!但索菲娅·叶戈洛芙娜不平静……

普拉东诺夫　怎么扯到索菲娅·叶戈洛芙娜了?

特里列茨基　看到《现代名人录》里没有自己,她心里不平衡了……她认为,只需她动一动手指头,地球就会张开口,人类就会因为高兴而脱下帽子……她这么以为……在任何一部聪明的小说里,你找不到那么多像她身上显露出来的缺点……而实际上,她分文不值。冰！石头！石膏像！真想走到她跟前去从她的鼻子上刮点石膏粉下来……而且动不动就歇斯底里，就唉声叹气……软弱无力……聪明的玩偶……居高临下地看着我，把我看作一个不正经的人……她的丈夫哪点比我们好？好在哪？他就是不喝酒，想入非非，不知羞耻地认为自己是个属于未来的人。算了，不必由我们来评论……（站起）咱们喝酒去！

普拉东诺夫 我不去。那边我受不了。

特里列茨基 我自己去。（伸伸懒腰）顺便问问，由 C 和 B 组成的花边文字是什么意思？[1] 是索菲娅和沃依尼采夫，还是谢尔盖·沃依尼采夫？我们的哲学家要用这花边文字来抬举自己还是自己的妻子？

普拉东诺夫 我以为这些花边文字的含义是："光荣归于维格罗维奇！"用他的钱来吃喝玩乐。

特里列茨基 是的……今天将军夫人是怎么啦？又是哈哈大笑，又是哼哼唧唧，又是拥抱接吻……她像是爱上了……

普拉东诺夫 她能爱谁？爱她自己？你别相信她的笑声。不能相信一个从来不哭的聪明女人的笑，她哈哈大笑的时候，正是她想号啕大哭的时候。我们的将军夫人不想哭，而是想开枪自杀……这从她的眼神就

---

1 索菲娅以字母"C"开头，沃依尼采夫以字母"B"开头。谢尔盖也以字母"C"开头，维格罗维奇以字母"B"开头。而光荣一词是以字母"C"开头。

能看出来……

特里列茨基 女人是不开枪自杀的,她要自杀就服毒……但我们不要高谈阔论了……我一高谈阔论,就会说假话……我们的将军夫人是个好女人!我这个人呵,一看到女人,通常会产生一些很坏的念头,她是惟一的一个女人,我一面对她,全部邪念都烟消云散。她是惟一的女人……当我看着她的真实的面孔,我开始相信柏拉图式的爱。你走吗?

普拉东诺夫 不。

特里列茨基 那我一个人去……去跟神父喝酒……(走到门口,和小格拉戈列耶夫相遇)啊!您好,自封的伯爵阁下!给您三个卢布,拿好!

[把三个卢布塞到他手里,下。

十二

普拉东诺夫和小格拉戈列耶夫。

小格拉戈列耶夫 奇怪的人!不明不白塞给我三个卢布!(大声)我自己就能给您三个卢布!嗯……白痴一个!(向普拉东诺夫)他的愚蠢简直让我吃惊。(笑)愚蠢至极!

普拉东诺夫 您这位跳舞高手怎么不去跳舞?

小格拉戈列耶夫 跳舞?在这里?请问,跟谁跳?(坐在

旁边)

普拉东诺夫 难道找不到一个舞伴?

小格拉戈列耶夫 一样的货色!不管你看到一个什么样的人,全都一样!一样的嘴脸,一样的鹰嘴鼻,一样的俗不可耐……而女人呢?(笑)鬼知道!在这样的环境里我宁愿去小吃部也不去跳舞。(停顿)在俄罗斯,空气是多么污浊!不干净的、憋闷人的空气……我无法忍受俄罗斯!……愚昧,丑恶……另一番景象是在……您去过巴黎吗?

普拉东诺夫 没有去过。

小格拉戈列耶夫 遗憾,不过您还有机会。您将来要去巴黎,就通知我一声。我能向您打开巴黎的全部秘密。我可以给您写三百封介绍信,三百个娇艳的法国女郎就在您的掌握之中了……

普拉东诺夫 谢谢您,我吃饱了。请告诉我,外边传闻说您的父亲想买下普拉东诺夫村的土地?

小格拉戈列耶夫 不知道。我远离商业交易……而您发现了没有,我的父亲在向您的将军夫人献殷勤?(笑)这也是那类货色!这个糟老头还想结婚!他愚蠢得像只乌鸡!而您的那位将军夫人迷人得很!很漂亮!(停顿)她是个有魅力的女人……而身材?!唷,唷!(打了一下普拉东诺夫的肩)你是个幸福的人!她束腰吗?束腰束得厉害吗?

普拉东诺夫 不知道……她穿衣打扮时我不在场……

小格拉戈列耶夫 而别人告诉我……您难道不……

普拉东诺夫　伯爵,您是个白痴!

小格拉戈列耶夫　我是开个玩笑……干吗生气?您是个怪人!(小声)有传闻说,她……这是个敏感的问题,但就我们之间说说……有传闻说……将军夫人爱钱有时爱到不省人事的地步?

普拉东诺夫　关于这个问题您问她本人好了,我不知道。

小格拉戈列耶夫　问她本人?(笑)亏您想得出来!普拉东诺夫!您在说什么?!

普拉东诺夫　(坐到另一张长椅上)您这人多讨厌!

小格拉戈列耶夫　(笑)要是当真去问问呢?是的,为什么不去问问呢?

普拉东诺夫　当然……你去问吧……(旁白)她非把他的脸皮给撕破的!(向他)您去问吧!

小格拉戈列耶夫　(跳起)我向您保证,这是个好主意!……普拉东诺夫,我去问,我对您说句心里话,她是我的!我有这样的预感!我现在就去问她!咱们打个赌,她是我的!(跑向屋子,在门口撞见安娜·彼得洛芙娜和特里列茨基)对不起,夫人!(点头哈腰地下)

〔普拉东诺夫坐在原地。

十三

普拉东诺夫,安娜·彼得洛芙娜和特里列茨基。

特里列茨基 （在门廊）嘿，我们的大圣人坐在那儿！警惕地坐着，急着想找一个猎物：找找在睡觉之前他可以把谁教训一顿！

安娜 米哈依尔不走运！

特里列茨基 不好！今天怎么不走运！可怜的圣人！普拉东诺夫，我可怜你！但我喝醉了……但教堂的执事在等着我！再见！（走开）

安娜 （走向普拉东诺夫）您怎么在这坐着？

普拉东诺夫 屋子里太闷，这美丽天空要胜过您的被女人们的脂粉映白了的天花板！

安娜 （坐下）天气真好！清新的空气，清风徐来，一片星空和一轮明月！很遗憾，女人们不能在露天睡觉。当我还是小姑娘的时候，到了夏天我常常睡在花园里。（停顿）您的领带是新的？

普拉东诺夫 是新的。（停顿）

安娜 我今天的心情有点特别……我今天对什么都喜欢……快活！好了，还是说点什么吧，普拉东诺夫！您干吗不作声？我到这里来正是为了听您说说……您这个人啊！

普拉东诺夫 对您说什么？

安娜 给我说些新鲜的、好听的、酸溜溜的……您今天这么的聪明，这么的好……真的，我觉得，我今天比往日更爱您了……您今天多么可爱！也不太烦躁！

普拉东诺夫 您今天真美……再说，您永远很美！

安娜 普拉东诺夫，我们是朋友吗？

普拉东诺夫 总的来说……是朋友……还有另外的词藻来形容友谊吗？

安娜 总的来说是朋友？是吗？

普拉东诺夫 我想，是好朋友……我强烈地依恋着您……要把我从您身边拉开是很难的……

安娜 好朋友？

普拉东诺夫 提这些问题干什么？别想这些问题！朋友……朋友……像是老掉了牙的问题……

安娜 好的……我们是朋友，那么您是否知道，男人与女人之间的友谊离爱情只有一步之遥，亲爱的先生？（笑）

普拉东诺夫 原来是这样！（笑）您说这个干什么？但是我们不管步子有多大也迈不到那个小鬼那儿……

安娜 爱情是小鬼……真能打比方！您妻子听不见您说话！抱歉，我把您触动了一下，米哈依尔，这是无意的！那我们为什么不走到那一步呢？难道我们不是人？爱情是样好东西……您脸红了？

普拉东诺夫 （盯视着她）我看，您要么是想开个玩笑，要么是想把话说透……咱们还是去跳舞吧！

安娜 您不会跳舞！（停顿）得跟您好好聊聊……是时候了……（环视一下）亲爱的，您给我好好听着，不要作声！

普拉东诺夫 安娜·彼得洛芙娜，咱们去跳舞！

安娜 咱们坐远一点……到这边来！（坐在另一张椅子

上）只是不知道从哪说起……您这么笨手笨脚,爱撒谎……

普拉东诺夫　安娜·彼得洛芙娜,还是让我先说?

安娜　普拉东诺夫,您先开口,一定说些乱七八糟的东西!您说吧!他不好意思了!他休想!(敲了一下普拉东诺夫的肩膀)淘气的米沙!您说呀,快说……

普拉东诺夫　我说得很短……我想对您说:为什么?(停顿)真的,安娜·彼得洛芙娜,不值得!

安娜　为什么?您听好……您不理解我……我想过,要是您是个自由的人,我就做您的妻子,我就把整个的我交给您永久占有,但现在……怎么样?沉默就意味着同意?是这样吗?(停顿)您听着,普拉东诺夫。在这种情况下沉默是不合适的!

普拉东诺夫　(跳起)安娜·彼得洛芙娜,让我们忘记这个谈话吧!真的,看在上帝的分上,就当我们压根没有这个谈话!没有!

安娜　(耸肩)为什么?奇怪的人!

普拉东诺夫　因为我尊敬您!我在心里是这样的尊敬您,要让我摆脱这种感情比落入万丈深渊还要痛苦!我的朋友,我是个自由的人,我不反对轻松愉快地消磨时光,我不是男女私情的仇敌,我甚至不反对高尚的暧昧关系,但是……能让我和您搞出这样的渺小的男欢女娱吗?!能让我把您当作自己的玩物吗?!您可是个聪明的、美丽的、自由的女人啊!不!这太过分了!宁可您把我远远地赶走!我们能够愚蠢地过上一两个月，然后红着脸分手吗？

安娜 这说的是爱情！

普拉东诺夫 我难道不爱您？我爱您这个善良的、聪明的人……我绝望地、疯狂地爱您！如果您愿意，我可以把生命交给您！我爱您像一个人，一个女人！难道所有的爱情都需要找到一个爱情方式？我的爱情比您头脑里想的爱情要珍贵一千倍！……

安娜 亲爱的，去睡觉吧！睡够了再谈……

普拉东诺夫 让我们忘记这个谈话……（吻她手）让我们做朋友，不要彼此伤害；我们理该在彼此的关系中得到好运！……而且，不管怎么说，我毕竟已经是有妇之夫！不谈这个了！一切照旧好了！

安娜 亲爱的，你走吧，你走吧！有妇之夫……要知道你爱我，为什么把妻子扯进来！走吧！过一会儿再聊，过两个小时……现在你一开口就说假话……

普拉东诺夫 我不会说假话……（轻声耳语）如果我会说假话，我早就是你的情夫了……

安娜 （严厉）走开！

普拉东诺夫 这是装样子的，别生气……这是您在装样子……（走进屋里）

安娜 是个怪人！（坐下）他自己都不知道在说些什么……任何一种爱情都有个爱情的方式……胡说八道！像是一个男作家对女作家的爱情……（停顿）真是个让人受不了的人！要这么个谈法，非得谈到世界末日！敬酒不吃吃罚酒，好话好说不行，就强迫他……今天就了结！该是两人都结束这种尴尬处境的时候了……受不了啦……强迫他就范……这是谁来了？格拉戈列耶夫……他找我？

[老格拉戈列耶夫上。

十四

安娜·彼得洛芙娜和老格拉戈列耶夫。

老格拉戈列耶夫 真乏味！这些人说的都是我一年前听过的东西，他们脑子里想的都是我在童年就想过的……一切都是陈旧的，没有新东西……我去跟她聊。

安娜 波尔菲里·谢苗诺维奇，您在嘟囔些什么？可以知道吗？

老格拉戈列耶夫 您在这里？（走向她）我在骂我自己在这里是个多余人……

安娜 莫非是因为您跟我们不一样？算了！人都可以和蟑螂和平共处，您也和我们的人好好相处吧！请坐下，咱们聊聊！

老格拉戈列耶夫 （坐在她旁边）安娜·彼得洛芙娜，我找您来着，我想和您说点什么……

安娜 那就说吧……

老格拉戈列耶夫 我想跟您谈谈……我想知道您对于我

那封……信的答复……

安娜 唉……波尔菲里·谢苗诺维奇，我对您有什么用？

老格拉戈列耶夫 我，您知道吗？我可以放弃……丈夫的权力……我不需要这权力！我需要朋友，需要聪明的家庭主妇……我有天堂，但这天堂里……没有天使。

安娜 （旁白）一开口就是甜言蜜语！（向他）我常给自己提个问题，我是人而不是天使，如果我到了天堂，能做些什么？

老格拉戈列耶夫 如果您不知道明天做些什么，您怎么能知道在天堂做些什么呢？好人在任何地方都能找到工作，无论是在地上还是在天上……

安娜 这当然很好，但我的生命到了您的手里能物有所值吗？波尔菲里·谢苗诺维奇，这有点奇怪！请原谅我，波尔菲里·谢苗诺维奇，但您的建议我觉得有些奇怪……您干吗结婚？您需要穿裙子的朋友干什么？这不关我什么事，但话既然说到这里，请原谅，就得把它说完。如果我到了您这个年纪，也拥有您拥有的财富和智慧，我便除了所谓的公众的利益之外，别无所求，除了从对于亲人的慈爱中得到的满足之外，我不会再寻求其他的什么满足……

老格拉戈列耶夫 我不会为人们的幸福而奋斗……要做到这个需要钢铁的意志和才能,而这些我都不具备！我活在这个世界上仅仅是为了心里喜欢伟大壮举，但在行动上只能做些微不足道的小事……只是心里喜欢！到我这边来吧！

安娜 不，您再也不要说这个……您也不要把我的拒绝看得太严重……我的朋友，这是庸人自扰！如果我们拥有了我们所喜欢的一切，那么我们再也没有拥有其他东西的余地了……这就是说，当人们拒绝什么的时候，他并不是在做傻事……（笑）这算是个小小的哲学！这是什么响声？您听到了吗？我敢打赌，这是普拉东诺夫在造反……这叫什么性格！

［格列科娃和特里列茨基上。

十五

安娜·彼得洛芙娜，老格拉戈列耶夫，格列科娃和特里列茨基。

格列科娃 （上场）这是最大的侮辱！（哭）最大的！都看到了，但都不说话，都是些变坏了的人！

特里列茨基 我相信，我相信，但我有什么过错？我有什么过错？我总不能拿着大棒向他扑去，这您也知道！

格列科娃 如果您找不到其他的东西，就应该拿着大棒上去！您离我远一点！我，我是一个女人，但如果有人当着我的面把您侮辱得如此厉害，我也不会袖手旁观的！

特里列茨基 但要知道我……您要理智一些！……我有什么过错？……

格列科娃 您是个胆小鬼，您就是这样的人！快离开我，到您的讨厌的小吃部去好了！永别了！您以后不必再来看望我！我们彼此都不需要对方……永别了！

特里列茨基 永别了，好吧，永别了！忍受不了这些，烦透了！眼泪，眼泪……啊，我的上帝！我头昏脑涨了……嗨……（挥挥手，走开了）

格列科娃 （走）他侮辱我……凭什么？我做什么了？

安娜 （走近她）玛丽雅·叶菲莫芙娜……我不拉住您……处在您的位置上，我也会离开这里……（吻她）我亲爱的，别哭了……大多数的女人活在这个世上是为了承受男人的各种恶行……

格列科娃 但我不是那样的女人……我要……把他辞退！他以后不再是这里的教师！他没有权利当教师！明天我就去找校长……

安娜 行啦……过几天我上您家去，咱们一块儿骂骂普拉东诺夫，而现在您先平静下来……别哭了……您一定会满意的……您也不要生特里列茨基的气，我亲爱的……他之所以没有挺身而出保护您，是因为他这个人太善良，也太软弱，而这样的人是没有保护人的能力的……他怎么您啦？

格列科娃 他当着众人的面吻我……叫我傻姑娘……把我推倒在桌子上……您不要以为，他不会因此遭到惩罚！要么他是个疯子，要么……我给他点颜色瞧

瞧！（下）

安娜 （向着她）再会！我们很快会见面的。（向雅可夫）雅可夫！给玛丽雅·叶菲莫芙娜备马车！啊嘿，普拉东诺夫，普拉东诺夫……他总有一天要吃苦头的……

老格拉戈列耶夫 好姑娘！我们的善良的米哈依尔·瓦西里耶维奇没有爱上她……她生气了……

安娜 不能这样！今天生气，而明天原谅……这是小姐脾气！

〔小格拉戈列耶夫上。

十六

上一场的人物和小格拉戈列耶夫。

小格拉戈列耶夫 （旁白）和她在一起！又是和她在一起！这叫什么事？（紧盯着父亲）

老格拉戈列耶夫 （停顿之后）你来干吗？

小格拉戈列耶夫 你在这里坐着，而那边人们在找你！你去吧！那边有人找你！

老格拉戈列耶夫 那边是谁在找我？

小格拉戈列耶夫 是人！

老格拉戈列耶夫 我知道是人……（站起）安娜·彼得洛芙娜，不管您怎么想，我反正不放弃您！也许有

一天您理解了我,您就会改口的!我们还会见面的……(走进屋去)

十七

安娜·彼得洛芙娜和小格拉戈列耶夫。

小格拉戈列耶夫 (坐在旁边)老狐狸!蠢驴!谁也没有叫他!我是骗骗他!

安娜 当您有了头脑,您就会为父亲痛骂自己的!

小格拉戈列耶夫 您在开玩笑……我干吗来……就为两个字……行还是不行?

安娜 这是什么意思?

小格拉戈列耶夫 (笑)好像是不明白?行还是不行?

安娜 我真不明白!

小格拉戈列耶夫 您现在就能明白……有金子的帮助,什么都能明白……如果是"行",那么我心中的大元帅,您是否可以把手伸进我的口袋里去,把我的装着父亲的钱的钱包掏出来?……(亮出旁边的口袋)

安娜 倒真坦率……说这样的话是要挨耳光的!

小格拉戈列耶夫 接受漂亮女人的耳光是件愉快的事……先是打耳光,然后说"行"……

安娜 (站起)拿起您的帽子,立即给我滚开!

小格拉戈列耶夫 (站起)到哪去?

安娜　哪都行！走开，别再在这里露面！

小格拉戈列耶夫　唉……干吗生气？我不走，安娜·彼得洛芙娜！

安娜　那我去叫人把您轰走！（走进屋去）

小格拉戈列耶夫　多爱生气！我没有说什么特别的……我说什么了？没有必要生气……（跟在她后边走）

十八

普拉东诺夫和索菲娅·叶戈洛芙娜从屋子里走出来。

普拉东诺夫　在学校里我直到今天还是个没有找到自己的应有位置的人，而教师的位置……这就是自从我们分手之后发生的情况！……（两人坐下）不说别的人，我到底给自己做了些什么？我在自己身上播种了什么，培植了什么？而现在！啊嘿！可怕的丑陋……可怕的！罪恶在我的周围游荡，它玷污了大地，它吞噬着我的精神上的兄弟，而我在一边袖手旁观，像是从事了一项繁重的劳动之后，坐着，看着，沉默着……我今年二十七岁，到了三十岁我将还是这样——我看不到会有什么变化！——然后是饱食终日，麻木不仁，对于一切精神上的东西都心灰意懒，而那就是死亡！！生活完蛋了！一想到这个死亡，我的头发就会竖起来！（停顿）怎么才能奋起，索菲娅·叶戈洛芙娜？（停顿）您不说话，不知道……您难道能知道吗？索菲娅·叶戈洛芙娜，我不为自己惋惜。我就算了！但您是怎么啦？您的纯洁的心灵，您的诚恳，您的真实，您的勇气都到哪里去了？您的健康呢？您把它丢到哪里去了？索菲娅·叶戈洛芙娜！您一年到头无所事事，把别人的手磨出老茧，欣赏别人的痛苦，而居然能没有恻隐之心……这是堕落！

〔索菲娅·叶戈洛芙娜站起。

普拉东诺夫 （让她坐下）这是最后的话了，忍耐一下！是什么让您变成一个懒散的、夸夸其谈的女人？是谁教会您说谎？而您以前曾经是个多么好的人呵！听我说！我马上放开您！让我把话说完！索菲娅·叶戈洛芙娜，您曾经多么好，多么杰出！亲爱的，也许还不晚，索菲娅·叶戈洛芙娜，也许您还能站起来！您好好想想！鼓起您的全部力量，为了上帝，您奋起吧！（抓住她的手）亲爱的，您坦白地告诉我，为了我们从前的爱情，是什么迫使您嫁给了这个人？这个婚姻对您有什么吸引力？

索菲娅 他是个好人……

普拉东诺夫 您不要说连您自己都不相信的话！

索菲娅 （站起）他是我的丈夫，我请您……

普拉东诺夫 不管他怎么样，而我要讲真话！请坐下！（让她坐下）您为什么不选择一个劳动者，一个受难者?为什么您不选择另外的一个什么人做丈夫,而是选择了这个负债累累、无所事事的小人?……

索菲娅 别说了!别大声说话!有人来了……

[客人们走过。

普拉东诺夫 别管他们!就让他们听见好了!(轻声)原谅我的放肆……但我爱过您!我那时爱您甚于爱世上的一切,所以现在您对于我还是珍贵的……我曾经怎样地爱过您这些头发,这双手,这个面孔……您为什么要擦粉,索菲娅·叶戈洛芙娜?别这样!啊嘿!您要是遇上另外一个人,您很快会站起来的,而在这里您只会越陷越深!可怜的索菲娅……要是我这个不幸的人有力量,我就把您连同我一起从这个泥潭中拔出来……(停顿)生活!我们为什么不能像我们所应该的那样生活?!

索菲娅 (站起,用手掩脸)让我安宁一点!

[屋里有喧哗声。

索菲娅 您走开!(向屋子走去)

普拉东诺夫 (跟着她)把手放开!这样就行!您不走吧?不走?索菲娅,让我们做朋友!您不走吧?我们还能谈话?走吗?

[屋里的喧哗声更响,听得到楼梯上的脚步奔跑声。

索菲娅 是的。

普拉东诺夫 我亲爱的,让我们做朋友吧……我们干吗要成仇人？等等……我再说句话……

[沃依尼采夫从屋里跑出，几个客人跟在他身后。

十九

上一场的人物。沃依尼采夫和客人们，然后是安娜·彼得洛芙娜和特里列茨基。

沃依尼采夫 （跑上）啊……最重要的人物在这里！咱们去放烟火！（大声）雅可夫，快到河边去！（向索菲娅·叶戈洛基娜）索菲娅，你没有改变主意吧？

普拉东诺夫 她不走了，就留在这里……

沃依尼采夫 是吗？这就太好了！米哈依尔·瓦西里耶维奇，让我握住您的手。（握普拉东诺夫的手）我一直相信你的口才！咱们去放烟火！（与客人们一起走向舞台的深处）

普拉东诺夫 （沉默之后）是啊，是这么回事，索菲娅·叶戈洛芙娜……

沃依尼采夫的声音 妈妈,您在哪？普拉东诺夫！（停顿）

普拉东诺夫 我去，见鬼……（大声）谢尔盖·帕甫洛维奇，等一等，没有我在场先别点烟火！兄弟，让雅可夫到我这里来，拿气球！（跑向花园）

安娜 （从屋里跑出）等一等！谢尔盖，等一等，人还没有到齐！先放炮！（向索菲娅）索菲娅，走！怎么情绪不好？

> [普拉东诺夫的声音："女士们，到这边来！没有新歌，咱们唱个老歌！"

安娜 我来了，我亲爱的！（跑）

> [普拉东诺夫的声音："谁和我坐一条船？索菲娅·叶戈洛芙娜，你愿意和我一起上船吗？"

索菲娅 去还是不去？（想）

特里列茨基 （上）嗨！你们在哪？（唱）我来了，我来了！（盯视着索菲娅·叶戈洛芙娜）

索菲娅 您需要什么？

特里列茨基 什么也不需要……

索菲娅 那请您走开！我今天不想谈话，也不想听人说话……

特里列茨基 知道，知道……（停顿）我真想用手指摸摸您的额头：您额头里装着什么？真想！……倒不是想侮辱您，而是想做出个漂亮的姿势……

索菲娅 小丑！（转过身去）不是喜剧演员，而是小丑！

特里列茨基 是的……小丑……我就是凭自己的小丑表演在将军夫人这里混口饭吃……是的……还有口袋里的钱……而一旦我让人讨厌了，我就会被他们从这里赶走。我说的不错吧？而且，不仅我一个人这么说……当你们到格拉戈列耶夫家做客的时候，你们也这么说，格拉戈列耶夫算是我们这个时代的共济会会员了……

索菲娅 好,好……非常高兴,有人转告了您……这么说,现在您也知道了,我是能够把小丑和幽默的人区分开来的!如果您当演员,您能成为顶楼观众的宠儿,但池座的观众会嘘您的……我也要嘘您……

特里列茨基 说得非常机智……值得称赞……我有幸向您鞠躬致敬!(鞠躬)再会了!倒是想再和您聊聊,但……不好意思,被你打败了!(走向花园深处)

索菲娅 (跺脚)下流坏!他不知道我对他是什么看法!他是个空虚的小人!

 [普拉东诺夫的声音:"谁和我上船?"

索菲娅 哎……该来的躲不开!(大声)我就来!(跑)

二十

老格拉戈列耶夫和小格拉戈列耶夫从屋子里出来。

老格拉戈列耶夫 你在说谎!你在说谎,坏孩子!
小格拉戈列耶夫 说什么蠢话?我干吗说谎?如果不相信,你问问她自己好了!你一走开,我就在这张长椅上和她说了几句,抱了抱她,亲了亲她……她先开口要三千卢布,我还了价,最后说是一千卢布!你就给我一千卢布!
老格拉戈列耶夫 基里尔,这关系到一个女人的名誉!

不要玷污这个名誉,她是神圣的!住嘴!

小格拉戈列耶夫　我用我的名誉保证!不相信?我用一切最神圣的东西保证!给我一千卢布!我马上给她这一千……

老格拉戈列耶夫　真可怕……你在撒谎!她在跟你这个傻瓜开玩笑!

小格拉戈列耶夫　但是……我抱她了!这有什么奇怪的?现在所有的女人都这样!别相信她们的贞操!我知道她们!而你还想结婚!(大笑)

老格拉戈列耶夫　基里尔,看在上帝分上!你知道什么叫诬蔑吗?

小格拉戈列耶夫　给一千卢布!我当你面交给她!就在这张长椅上,我拥抱了她,吻了她,和她做了交易……我保证!你还需要什么?我把你赶走就是为了和她做交易!他不相信我能征服女人!给她两千卢布,她就是你的!我知道女人,老兄!

老格拉戈列耶夫　(从口袋里取出钱包,扔在地上)给你!

　　[小格拉戈列耶夫拾起钱包,数钱。

沃依尼采夫的声音　我开始啦!妈妈,放炮吧!特里列茨基,钻到亭子里去!谁踩上盒子了?是您?

特里列茨基的声音　我钻进去,见鬼!(笑)这是谁?把布格罗夫压上了!我踩到布格罗夫的头上了!火柴在哪?

小格拉戈列耶夫　(旁白)我报仇了!(叫喊)乌拉!(跑走)

特里列茨基的声音 谁在那里大声叫喊?揍他一顿!

沃依尼采夫的声音 开始吗?

老格拉戈列耶夫 (抱住自己的头)我的上帝!放荡!丑恶!我为她祈祷!上帝,原谅她!(坐在长椅上,用手掩脸)

沃依尼采夫的声音 谁拿绳子啦?妈妈,您怎么不害臊?我的绳子在哪?

安娜·彼得洛芙娜的声音 在这儿,马虎鬼!

〔老格拉戈列耶夫从长椅上跌下来。

安娜·彼得洛芙娜的声音 您?您是谁?别在这惹人讨厌!(叫喊)这边来!这边来!

〔索菲娅·叶戈洛芙娜跑上。

二十一

索菲娅·叶戈洛芙娜一人。

索菲娅 (脸色苍白,头发蓬乱)受不了啦!这超出了我的承受力!(抱住胸脯)这是我的毁灭还是……我的幸福!这里好闷!……他或者是个凶手,或者……是个新生活的使者!我向你致敬……我向你祝福,新生活!决定了!

沃依尼采夫的声音 (大声)小心!

〔烟火。

第 二 景

树林。林中小路。林中小路的起端,左侧是所学校。顺着通向远方的林中小路,延伸着一条铁路路基,路基在学校附近向右转弯。几根电线杆。夜晚。

一

沙萨坐在打开的窗子旁,奥辛普背上挂着猎枪,站在窗前。

奥辛普 这是怎么发生的? 很简单……我顺着离这儿不远的交叉口走,看到她站在木桩上,撩起了裙子用牛蒡叶从小河里舀水。舀一把喝一口,舀一把喝一口,然后用水把头发弄湿……我走下去,走到她跟前,瞧着她……她不搭理我,心想,你是个庄稼汉,是个傻瓜,在这种场合我干吗理睬你? 我对她说:"太太,您是想喝冷水?""跟你有什么关系? 从哪来回哪去!"她说这话时没有瞧我一眼……我挺狼狈的……我为自己是个庄稼汉感到害臊和委屈……"傻瓜,瞧着我干吗? 从来没有见过人怎么的?"她这才紧紧盯着我看了……"是不是喜欢上我了?"她说。我说:"非常喜欢! 太太,您是这样心肠好,这样迷人，这样漂亮……我从没有见过像您这样漂亮的……我们的乡村美女玛尼卡，乡村警察的女儿，与你一比简直是丑八怪……你多么温柔！能吻您一下，就是死在这里也值！"她笑了……"怎么的？你想吻就吻吧！"我一听这话，浑身发热。我走到她跟前，轻轻地搂住她的肩膀，使劲地吻了她那个地方，脸颊和脖子……

沙萨　（笑）她有什么反应？

奥辛普　"呶，现在滚你的吧！回去好好洗洗，别再混水摸鱼！"我就走了。

沙萨　她多么勇敢！（给奥辛普一盘汤）给你，吃吧！找个地方坐下！

奥辛普　不必，我站着就行……阿历克山德拉·伊凡诺芙娜，非常感谢您的好意！以后我会报答您的这番好意的……

沙萨　把帽子摘了……戴着帽子吃东西不好。你应该一边祈祷一边吃饭！

奥辛普　（脱下帽子）我已经好久不祈祷了……（吃）从那次见到她以后，我好像中了魔了……您相信吗？吃不下饭，睡不好觉……她总是在我眼前晃……我一闭上眼睛，她就会出现在我眼前……我头脑里被这种感情填满了！我痛苦得差一点投河，真想把将军杀了……而将军夫人守寡之后，我开始完成所有她交给我做的工作……替她打沙鸡，捉鹌鹑，替她用多种颜色的涂料油刷亭子……有一次我还给她送去了一只狼……我满足她的一切要求……她要我干什么，我就干什么……她要是命令我把自己吃了，我就把自己吃了……这种感情，你拿它没有办法……

沙萨　是的……当年我爱上米哈依尔·瓦西里耶维奇的时候，我还不知道他也爱我，那时我也非常痛苦的……有几次我甚至请求上帝让我死了吧……

奥辛普　您瞧……这样的感情……（喝完盘里的汤）还能给点汤吗？（递过盘子）

沙萨　（走开，过一会带了小锅又出现在窗口）汤没有了，土豆想吃吗？是用鹅油煎过的……

奥辛普　谢谢……（端起小锅吃起来）吃饱了！我是那样地走来走去，像是中了魔似的……阿历克山德拉·伊凡诺芙娜……我走啊，走啊……想的还是这个……去年复活节之后我给她送去了一只兔子……我说："尊敬的夫人，您看我给您送个什么动物来了！"她拿在手里，看了看后问我："奥辛普，人家说你是强盗，对吗？"我说："这是千真万确。人家不会白白这么说的……"一激动，我把一切都给她说了……她说："得把你挽救过来。你去吧，步行到基辅，再从基辅到莫斯科，再从莫斯科到特罗伊茨圣城，再从特罗伊茨圣城到新耶路撒冷，然后回家。这样过去一年你就会脱胎换骨。"我就假装有残疾的样子，背上背包就去了基辅……但是不行！改了点，但没有全改……这土豆真棒！走到哈尔科夫时，和一伙人联系上了，把带去的钱喝酒喝光了，打了一仗，就回家了。连护照都丢了……（停顿）现在她什么也不收我的了……生气了……

沙萨　奥辛普，你为什么不去教堂？

奥辛普　我倒想去，但不行……人家会笑我的……他们会以为我是去忏悔的！再说白天到教堂去也很可怕，人家会把我揍死的。

沙萨　但你为什么要欺侮穷人呢？

奥辛普　为什么不欺侮他们呢？阿历克山德拉·伊凡诺芙娜，这种事您理解不了！您不必去谈论愚蠢的事。您理解不了。而米哈依尔·瓦西里耶维奇难道谁也不欺侮？

沙萨　谁也不欺侮！他如果得罪了哪一个人，那完全是无意的。他是个善良的人！

奥辛普　我承认，我最尊敬的就是他……将军的儿子谢尔盖·帕甫雷奇是个愚蠢的人；您的兄弟也不聪明，尽管他是个医生，而在米哈依尔·瓦西里耶维奇身上有很多聪明的才能！他有官职吗？

沙萨　那怎么的？他是十四等文官！

奥辛普　真的？（停顿）好样的！那么他官职也有了……好样的！他的善良不够……在他看来所有的人都是蠢人，都是小人……能这样吗？如果我是个好人，我就不这样做……我就会给这些蠢人、小人和骗子一点温暖……他们是最不幸的人，您要知道！需要可怜可怜他们……他的善良不够，不够……他不骄傲，与大家无拘无束，但善良不够……您不理解……非常感谢！要是一辈子能吃到这样的土豆就好了……（递过去小锅）谢谢……

沙萨　不必谢的。

奥辛普　（叹气）您真是个好女人，阿历克山德拉·伊凡诺芙娜！您为什么每次都请我吃饭？阿历克山德拉·伊凡诺芙娜，您心里要是有一丁点的坏念头呢？纯洁的女人！（笑）我头一次见到这样的女人……神圣的阿历克山德拉，请您为我们这些有罪的人向上帝祈祷吧！（鞠躬）神圣的阿历克山德拉，高兴吧！

沙萨　米哈依尔·瓦西里耶维奇要来。

奥辛普　您骗人……他现在正和一个年轻的小姐讨论温柔的情感方面的事……他是一个英俊的男人！如果他愿意，他能征服所有的女人……还是个爱说漂亮话的男人……（笑）总向将军夫人献殷勤……但夫人架子大，不看看他是个漂亮男人……他是想，可能她……

沙萨　你已经在说多余的话了……我不喜欢这个……你走吧！

奥辛普　我这就走……您早就该睡觉了……可能是等您丈夫？

沙萨　是的……

奥辛普　好妻子！可能，普拉东诺夫给自己找这样的妻子，要打着灯笼找上十年……终于找到了……（鞠躬）阿历克山德拉·伊凡诺芙娜，再见了！晚安！

沙萨　（打哈欠）你走吧！

奥辛普 我走……（走）回家去……我的家的地板是大地，天空是天花板，而墙和屋顶不知在哪里……上帝诅咒谁，谁就住在这个屋子里……这屋子很大，但头没有地方搁……但有个好处，住这个屋子不用交地租……（站住）阿历克山德拉·伊凡诺芙娜，晚安！请来做客！到森林里来！您问起奥辛普，每一只鸟儿和蜥蜴都能认得我！您看，树墩在放光！好像死人要从棺材站起来……再看另外一个树墩！我的妈妈对我说过，在能够放光的树墩下面埋着有罪的人，而树墩放光是为了有人祈祷……将来我上面的树墩也会放光的……我也是有罪的人……再看第三个树墩！我们这个世界上的罪人真多！（离去，过两分钟他吹起了口哨）

二

沙萨 （拿着蜡烛和书从学校里出来）米沙怎么还不来……（坐下）他要把身体搞垮的……除了损害健康之外，嬉玩不会给人带来什么……我想睡了……我读到哪了？（读）"是重新宣扬人类的这些伟大的永恒真理、这些自由的不朽原则的时候了，我们父辈的精英们正是这些真理与原则的信仰者，而不幸的是我们都背弃了它们。"这是什么意思？（想）我不明白……为什么不能写得让大家都能明白？还有……噢……把序言跳过去……（读）《扎赫尔·马佐赫》……多么可笑的姓名！马佐赫……这大概不是俄罗斯人……（打哈欠，读）《愉快的冬夜》……这也可以跳过去……是段描写……（翻书页，读）"很难断定，究竟是谁在弹琴奏乐……由男人的铁一般的手指拨出的强劲的琴声又被像是女人的美丽的小口吹出的柔和的笛声所取代,然而沉寂了下来……"嘘……有人过来了……（停顿）这是米沙的脚步声……（吹熄蜡烛）终于来了……（站起，大声喊）啊呜！一，二，一，二！向左，向右，向左向右！向左！向左！

［普拉东诺夫上。

三

沙萨和普拉东诺夫。

普拉东诺夫 （上）气气你：向右！向右！再说，亲爱的，不必向右，也不必向左！对于喝醉了酒的人来说，既没有右，也没有左；他只知道向前，向后，歪倒……

沙萨 喝醉了酒的，请到这边来坐下！我来给你表演一下什么叫歪倒！请坐！（扑倒在普拉东诺夫怀里）

普拉东诺夫 坐下……（坐下）你为什么不睡觉，我的小毛虫?

沙萨 不想……（坐在他旁边）他们很晚才放你走!

普拉东诺夫 是的，很晚……客车走过了?

沙萨 还没有。一个小时前货车走过了。

普拉东诺夫 这么说还没有到两点。你早回来了?

沙萨 我十点钟就到家了……我回到家，柯里卡拼命在哭……我没有打招呼就离开了，他们会原谅我的吧……我走之后跳舞了吗?

普拉东诺夫 也跳舞了，也吃饭了，也打架了……你知道吗，你不在场时这发生了什么? 老格拉戈列耶夫挨打了!

沙萨 你说什么?!

普拉东诺夫 是的……你的兄弟给他放了血，唱了哀歌……

沙萨 为什么这样? 他怎么啦? 他看上去很健康……

普拉东诺夫 轻轻的一击……这是他的大幸，但却是被他称为驴驹的儿子的不幸……拉回家去了……没有一天晚上不出乱子的! 这就是我们的命运!

沙萨 我能想象，安娜·彼得洛芙娜和索菲娅·叶戈洛芙娜会怎么担惊受怕! 索菲娅·叶戈洛芙娜是多好的一个人! 我难得见到这样的好女人……她身上有一种特别的……（停顿）

普拉东诺夫 阿嚏! 愚蠢，渺小……

沙萨 什么?

普拉东诺夫 我干什么了?!（用手掩脸）可耻!

沙萨　你干什么了？

普拉东诺夫　干什么了？没有什么好的！我什么时候做过事后不感到羞愧的事？

沙萨　（旁白）可怜的，喝醉了！（向他）咱们睡觉去！

普拉东诺夫　从来没有这样丑陋过！以后还能尊重自己吗？再没有比失去对自己的尊重更大的不幸了！我的上帝！在我身上没有什么可以把它抓住的东西，没有什么值得尊敬与爱的东西！（停顿）你爱我……我不明白！这么说，你从我身上找到了什么可以爱的东西？你爱我？

沙萨　这算什么问题！我可以不爱你吗？

普拉东诺夫　我知道，但你可以指出一条我的值得你爱的好处！指出你所以爱我的优点来！

沙萨　嗨……我为什么爱你？米沙，你今天真奇怪！你是我丈夫我怎么能不爱你？

普拉东诺夫　就因为我是你丈夫才爱我？

沙萨　我不理解你。

普拉东诺夫　你不理解？（笑）你啊，真是我的傻大姐！你为什么不是只苍蝇？你要是只苍蝇，凭你的智慧，能当一只最聪明的苍蝇！（吻她的额头）如果你理解了我，如果你不是这样的迷糊，你将怎么样？如果凭你的智慧知道了我没有什么值得你爱的，你还会感到有女人的幸福吗？我亲爱的，如果你想爱我，就不要想了解我！（吻她的手）我亲爱的！因为你的迷糊，我也感到幸福！我像大家一样，有家庭……

有家庭……

沙萨 （笑）怪人！

普拉东诺夫 我亲爱的！傻乎乎的小女人！我不把你看成妻子，我要把你放在桌子上的玻璃罩里供起来！我们怎么把尼科里卡生到这个世界上来了？不要生尼科里卡，而是可以给你用面团捏几个小兵，我亲爱的！

沙萨 米沙，你在说蠢话！

普拉东诺夫 但愿上帝让你继续不明白吧！不要明白！但愿地球压在鲸鱼身上，而鲸鱼托在铁叉上！沙萨，如果没有你们，我们到哪去找永久的妻子？（想吻她）

沙萨 （不让）滚开！（生气）如果我这么蠢，你干吗要娶我？你可以找一个聪明的！我没有强迫你！

普拉东诺夫 （大笑）你也会生气？活见鬼！这倒是一大发现……哪个方面的？我亲爱的，整个的大发现！你也会生气？你不开玩笑？

沙萨 （站起）去睡觉！如果不喝酒，就不会有发现！醉鬼！还是个教师呢！你不是教师，而是无情无义的人！去睡觉！（打他的背，走进学校）

四

普拉东诺夫独自一人。

普拉东诺夫　我当真醉了？不可能，我喝的不多……但，头脑不完全正常……（停顿）而我和索菲娅说话的时候，我……醉了吗？（思索）没有，没有醉！不幸，我那时候没有醉！没有醉！可诅咒的我的清醒！（跳起）我责备了她的不幸的丈夫什么？我为什么要在她面前给他抹黑？我的良心不能原谅这个！我在她跟前，像个孩子似的夸夸其谈，装腔作势……（刺激自己）"你为什么不嫁给一个劳动者，一个受难者？"她为什么非得嫁给一个劳动者，一个受难者？你这个狂人，为什么要说些连你自己也不相信的东西？啊嘿！……她相信了……她听了一个傻瓜的梦呓，垂下了自己的眼睛！不幸的她，情绪低落了，萎靡不振了……这一切是多么愚蠢，多么渺小，多么不合理！一切都令人厌恶……（笑）执迷不悟的人！人们嘲笑执迷不悟的商人，嘲笑得很厉害……有透着眼泪的笑，有透着笑的眼泪……但有谁嘲笑我吗？什么时候？可笑！不受贿，不偷窃，不打妻子，思想纯真，但……是个坏蛋！可爱的坏蛋！不一般的坏蛋！……得走……我要向督学请求另一个工作岗位……我今天就给城里写信……

〔小维格罗维奇上。

五

普拉东诺夫和小维格罗维奇。

小维格罗维奇 （上场）嗯……学校，这学校里永远睡着那个长不大的天才……他现在是照例在睡觉，还是照例在骂人？（见到普拉东诺夫）他在，这个空虚的，爱吵闹的人……既不在睡觉也不在骂人……很不正常……（向他）还没有睡？

普拉东诺夫 那还用问！您站在这里干什么？请允许我祝您晚安！

小维格罗维奇 我现在就走。您一个人耽着？（环顾四周）您感觉到自己是自然之王？在这个美好的夜晚……

普拉东诺夫 您回家去？

小维格罗维奇 是的……父亲走了，我不得不步行。您在自我陶醉？难道不是这样？喝过香槟酒后，在酒劲的余味中审视自己是件很愉快的事！可以坐您旁边吗？

普拉东诺夫 可以。

小维格罗维奇 谢谢。（坐下）我喜欢感谢。坐在这里，坐在这些台阶上,感到自己是完全的主人,是多么舒服！普拉东诺夫,你的女友在哪里？要知道,为了让这大自然的天籁,这山雀的歌唱变成天堂,还需要爱情的呢喃！这个迷人的夜晚还需要亲爱的女人的火热的呼吸,才可以使您的两颊幸福地燃烧起来!大自然母亲的细语还需要加进爱情的言语……还需要女人!!您惊奇地瞧着我……哈一哈!我不是在用自己的语言说话?是的,这不是我的语言……我要清醒过来,就常常为这个语言害臊……不过,为什么我就不能说点有诗意的话呢?嗯……谁禁止我?

普拉东诺夫 没有什么人。

小维格罗维奇 或许,这个上帝的语言不符合我的身份和体型?我的脸孔没有诗意?

普拉东诺夫 没有诗意……

小维格罗维奇 没有诗意……嗯……非常高兴。所有的犹太人的面孔都缺乏诗意。大自然开了个玩笑,没有给我们犹太人有诗意的面孔!我们习惯于按照面孔来评价人,就因为我们有这样一副尊容,就否定我们身上有任何的诗意……人们说,犹太人里头没有诗人。

普拉东诺夫 谁说的?

小维格罗维奇 都这么说……而这是多么恶毒的诬蔑!

普拉东诺夫 别找碴了!谁这么说的?

小维格罗维奇 都这么说,但我们犹太人里头有多少真正的诗人!不是普希金们,不是莱蒙托夫们,而是真正的诗人!阿乌艾尔,巴赫,海涅,歌德……

普拉东诺夫 歌德是德国人。

小维格罗维奇 是犹太人!

普拉东诺夫 是德国人!

小维格罗维奇 犹太人！我知道我在说什么！

普拉东诺夫 我也知道我在说什么。但就算您说得对！跟一个半吊子的犹太人知识分子很难争论。

小维格罗维奇 是很难……（停顿）就算没有诗人，有什么了不起！有诗人，很好，没有诗人，更好！诗人作为一个情绪化的人，大多数是寄生虫、个人主义者……歌德，尽管是个诗人，但他难道给过德国的穷人一块面包？

普拉东诺夫 老调子！年轻人，够了！歌德没有从德国的穷人那里拿过一块面包！这是重要的……还有，当诗人要比什么也不是的人好！好一千万倍！好吧，咱们别说了……让那块您对它毫无认识的面包得到安宁，让那些凭您的干枯的心灵无法理解的诗人得到安宁，还让被您叨扰的我得到安宁！

小维格罗维奇 我不再来打扰您高贵的心！我也不拉掉您的热被窝……您睡好了！（停顿）看看天空！是啊……这里很好，很安宁，这里尽是树木……没有饱食终日的人……是的，树木不是在为我低声细语……月亮也不是像注视普拉东诺夫那么亲切地注视着我……它冷冷地看着我……好像是在说，你不是我们的人……你走吧，离开这个天堂，到自己的犹太人的小店里去……唉，这都是扯淡……我说多了……够了！……

普拉东诺夫 够了……年轻人，回家去！坐的时间越长，说得越多……而为了这些废话，就像您自己说的，您会脸红的！回去吧！

小维格罗维奇 我想说！（笑）我现在是个诗人！

普拉东诺夫 谁不为自己的青春悔悟，谁就不是诗人！您为青春苦恼吧，做个青年人！真可笑，这愚蠢，但这反倒有人情味！

小维格罗维奇 是呵……多么愚蠢！普拉东诺夫，您是个大怪人！你们这里的人都是怪人……你们可以生活在洪水灭世之后的诺亚时代……将军夫人也是个怪人，沃依尼采夫也是怪人……不过，从肉体的角度看，将军夫人很漂亮……她有一双多么聪明的眼睛！她的手指多么好看！……胸脯，脖子都很美……（停顿）为什么？我难道不如您？哪怕一生能享受一次呢！如果这个想法强烈地作用于我的……脊髓，那么这样的陶醉能把我完全融化，如果她现在能在这些树木中间出现，并且用她那透明的手指来召唤我！……别用这样的眼光来看我，我现在是个愚蠢的小孩……但有谁敢于禁止我哪怕现在当一回蠢人呢？现在我怀着科学的目的当一个照您看来是幸福的蠢人……我很幸福……关别人什么事？嗯……

普拉东诺夫 但……（瞅着他的手链）

小维格罗维奇 而且，个人幸福是个人主义！

普拉东诺夫 噢！个人幸福是个人主义，那么个人的不幸就是善行了！您头脑里有多少糊涂想法！多好的手链！多好的链穗！多么光亮！

小维格罗维奇 您对这手链感兴趣？！（笑）这个玩意儿，

这个闪光吸引着您。(摇头)当您在用几乎像是诗的语言对我进行教育的几分钟里,您能赞美黄金!把这手链拿去!把它扔了!(摘下手链扔到一边)

普拉东诺夫 声音很响!单凭这响声就可断定这手链很重!

小维格罗维奇 金子的沉重不仅仅是它的分量!您很幸福,您可以坐在这些肮脏的台阶上!在这里您感受不到这个肮脏的金子的全部重量!噢,这些金手链是我的金手铐!

普拉东诺夫 这手铐不是牢不可破的!我们的父辈把它们喝酒喝掉了!

小维格罗维奇 在这个月光下有多少不幸的人,有多少挨饿的人,有多少喝醉酒的人!什么时候几百万播种很多而一无所获的人才不再挨饿?什么时候,我问您?普拉东诺夫,您为什么不回答我?

普拉东诺夫 别烦我!您行行好吧!我不喜欢没完没了地响个不停的钟!请原谅,但请您别烦我!我要睡觉!

小维格罗维奇 我是钟?嗯……您才是钟……

普拉东诺夫 我是钟,您也是钟,区别在于,我自己在自己心里敲钟,而在您心里敲钟的是别人……晚安!(站起)晚安!

〔学校的钟敲了两下。

小维格罗维奇 已经是两点了……这个时候是该睡觉了,但我睡不着……失眠,香槟酒,激动……不正常的生活，因为这个不正常的生活，我的身体垮了……（站起）我的胸部已经开始痛了……晚安！我不把手伸给您，并以此而自豪。您不配握我的手……

普拉东诺夫 多愚蠢！我无所谓。

小维格罗维奇 我想，我们的谈话以及我的……胡言乱语，除了我俩之外，谁也没有听见，也不会听见……

（走向舞台深处，又回来）

普拉东诺夫 您还要什么？

小维格罗维奇 这儿有我的一个手链……

普拉东诺夫 这就是您的手链！（用脚踢手链）还没有忘记！您听着，您能否行行好，把这个手链捐赠给我的一个朋友，他就属于您说的那种播种很多而一无所获的人！这根手链可以供养他和他的家庭整整一年！……允许我转交给他？

小维格罗维奇 不行……倒是想给，但不能给！这是礼物，纪念品……

普拉东诺夫 是的，是的……您滚吧！

小维格罗维奇 （拾起手链）别这样！

［走到舞台深处，他很疲乏，坐在铁道的路基上，用双手掩住了脸。

普拉东诺夫 庸俗！做一个青年人但同时不能养成光明磊落的个性！这是一个多么深重的堕落！（坐下）我们多么讨厌那样一类人，在这一类人身上我们能看得见哪怕一丁点自己的不干净的过去！我曾经也有点像这样的人……嘿嘿!

〔听见马蹄声。

六

普拉东诺夫,安娜·彼得洛芙娜穿着骑马的服装,手执马鞭上。

普拉东诺夫 是将军夫人!

安娜 我怎么能见到他?敲门?(见到普拉东诺夫)您在这里?真巧!我知道您还没有睡觉……现在能睡觉吗?为了睡觉上帝安排了冬天……好人儿,晚上好!(伸手)呶?您怎么啦?伸手!

〔普拉东诺夫伸手。

安娜 您没有喝醉?

普拉东诺夫 鬼知道!或是清醒,或是喝醉,像个最痛苦的醉鬼……您是怎么的?放肆地玩耍,尊敬的梦游人?

安娜 (坐在旁边)嗯……(停顿)是啊,亲爱的米哈依尔·瓦西里耶维奇!(唱)多少幸福,多少痛苦……(笑)多么神奇的大眼睛!够了,别害怕,朋友!

普拉东诺夫 我也不害怕……至少是不为自己害怕……(停顿)我看,您是想做些无聊的事……

安娜 老了……

普拉东诺夫 对老太婆是可以原谅的……因为愚蠢……但您算什么老太婆?您还年轻,像夏天的六月。您还来日方长。

安娜 我现在就需要生活,而不是来日……而我年轻,普拉东诺夫,非常年轻!我感到,这青春像一阵清风穿过我的身体!非常年轻……清凉!(停顿)

普拉东诺夫 (跳起)我既不想理解,也不想猜测,也不想假设……什么也不想!您走吧!您把我当作不明事理的人好了,您走吧!求您了!嗯……为什么这样看我?您……您想想看!

安娜 我已经想过……

普拉东诺夫 您再好好想想,骄傲的、聪明的、美丽的女人!您为什么来了?!啊嘿……

安娜 我亲爱的,我不是走来的,而是骑了马来的!

普拉东诺夫 这么聪明,这么美丽,这么青春……来找我?!不相信我的眼睛,不相信我的耳朵……您是来打胜仗、攻碉堡的!您不必为胜利而来……我很弱,非常弱!您要明白!

安娜 (站起,走向他)过分谦虚甚于骄傲自大……米哈依尔,怎么办?应该想个办法结束它?您自己也同意……

普拉东诺夫 我不去结束什么,因为我没有开始什么!

安娜 哎……讨厌的哲学!你不为说谎而害臊?在这样的夜晚,在这样的天空下……说谎?如果你愿意,你可以在秋天说谎,在泥泞里说谎,而不是现在,不是在这里……有人听着你，看着你……怪人，你朝头顶上看看！（停顿）你看，星星在闪烁，因为你说谎……得了，我亲爱的！做个好人，这一切多么美好！不要用自己的小气来破坏这个宁静……把心里的小鬼赶掉！（用一只手拥抱他）我爱你胜过爱其他任何一个男人，你爱我胜过爱其他任何一个女人……我们只要得到一个爱情，其他的折磨你的问题让别人去解决……（吻他）我们只要得到一个爱情……

普拉东诺夫 奥德修斯可以让鸟身美女为他唱歌，但我不是奥德修斯王，鸟身美女！（拥抱她）如果我能给你幸福多好！你多么美丽！但我给不了你幸福！你的命运和其他的投进我的怀抱的女人的命运会是一样的……我会让你变成一个不幸的女人！

安娜 你把自己说的过分了！你难道这样可怕，唐璜？（笑）在月光下你多么漂亮！美极了！

普拉东诺夫 我知道我自己！只有那些没有我存在的浪漫故事才有美好的结局……

安娜 咱们坐下……到这里来……（坐在铁道路基上）哲学家，你还有什么可说的？

普拉东诺夫 如果我是一个正直的人，我就会离开你……我今天预感到了这个，预见到了……为什么我这个坏蛋，不走开？

安娜 米哈依尔，把心里的小鬼赶走！别扫兴……要知道来找你的是女人而不是野兽……脸上有汗，眼里有泪……真是的！如果你不喜欢，那我走……愿意吗？我走，这样一切照旧……行吗？（笑）傻瓜！捉住我，拉住我，抓住我！你还要什么？像抽烟似的抽干净，切成小块榨干……做个人！（拉他）可笑！

普拉东诺夫　但你难道是我的？难道你是为我预备的？（吻她的手）去找别的男人吧，我亲爱的……去找一个值得你爱的人……

安娜　啊嗯……你别乱说一气了！要知道事情非常简单：一个女人到了你身边，这个女人爱你，你也爱这个女人……天气也好……还有什么比这更简单的？干吗需要这些哲学、政治？难道你想显示一下自己？

普拉东诺夫　嗯……（站起）但如果你来是为了随便玩玩，寻寻开心的，那怎么办？要知道我不适合扮演临时的角色……我不允许玩弄自己！你不要想拿几个小钱打发我！……为了玩玩，我很贵……（抱住自己的头）我尊敬你，爱你，结果同时……又是渺小、庸俗、俗人的游戏！

安娜　（走近他）你爱我，尊敬我，你，不得安宁的灵魂，为什么你不与我来个痛快，而说这些脏话？为什么要这个"如果"？我爱你……我已经对你说了，你自己也知道，我爱你……你还需要什么？我要安静……（将他的头放在自己的怀里）安静……普拉东诺夫，你要明白！我要休息……忘掉这一切，其他的我什么也不需要……你不明白……你不明白，生活对于我来说是何等沉重，而我……想生活！

普拉东诺夫 我无法给你安静！

安娜 只要不高谈阔论就有办法！……生活吧！一切都在生活，一切都在流动……四周都是生活……让我们也生活！明天解决问题，而今天，在这个夜晚，生活，生活……生活，米哈依尔！（停顿）我干吗在你面前说这些？（笑）真是的！我在痛苦，而他在使性子！

普拉东诺夫 （抓住她的手）你听好……这是最后一次……我像个正派人对你说……你走吧！最后一次！你走吧！

安娜 真的吗？（笑）你不在开玩笑？……兄弟，你在犯傻！现在我不会放过你！（扑向他的怀里）你听到了吗？我最后一次说：我不放过你！生活！哈—哈—哈，你想躲开什么，怪人？你是我的！现在说说你的哲学大道理吧！

普拉东诺夫 再说一遍……像个正派人……

安娜 敬酒不吃吃罚酒……如果你爱，你就爱，不要装傻瓜！哈—哈—哈……胜利的钟声响起来了……到我这里来！（把一块黑布罩住他头）到我这边来！

普拉东诺夫 到你那边去？（笑）你是个空虚的女人！你不想要好的结果……你会哭的！我不会做你的丈夫，因为我看不懂你，而又不想玩世不恭……咱们看，谁将玩谁……让我们看……你会哭鼻子的……咱们走，怎么的？

安娜 （笑）咱们走！（拉住他的手）等一下……有人来了。我们躲到树后边去……（躲在树后）有个人穿着礼服，不像是庄稼汉，你为什么不去报纸上写社论？你会写得很好的……不开玩笑。

［特里列茨基上。

七

上一场的人物和特里列茨基。

特里列茨基 （走向学校，敲窗子）沙萨！妹妹！沙舒尔卡！

沙萨 （开窗）谁在这里？柯里亚，是你？你想要什么？

特里列茨基 你还没有睡觉？好妹妹，你放我进来住一夜吧！

沙萨 可以……

特里列茨基 把我安排在教室里……这样米沙就不知道我在你们这里留宿，他的那套哲学不能让我入睡！我头晕得厉害……眼睛看到的都是重影……我站在一个窗子前，而我觉得有两个窗子。从哪个窗子爬进去？麻烦事！很好，我还没有结婚！要是我结了婚，我就会以为我有两个老婆……什么都要变成两个！你有两个脖子两个头！还有……在那边，小河旁边砍掉的那棵橡树附近，知道吗？我擤了鼻涕，掏手绢的时候，掉了四十卢布……小妹妹，明天一早你去把它捡起来……找一找，钱归你自己……

沙萨 天一亮木匠们就会把它们捡到……你这人多马虎，柯里亚！噢！差点忘了……商店老板的老婆来过，她请你尽快到他们家去一趟……她的丈夫突然病了……头痛得厉害……你快走吧！

特里列茨基 不要管他们！我顾不得……我自己的头也在痛，肚子也在痛……（爬窗子）闪开……

沙萨 快爬进来！你的腿碰到我了……（关窗）

普拉东诺夫 还有谁往这边走！

安娜 站住。

普拉东诺夫 别拉住我……如果我想走，就走！这是谁？

安娜 彼特林和谢尔博克。

〔彼特林和谢尔博克上。他们没有穿外套，摇摆着身子。彼特林戴顶黑色礼帽，谢尔博克戴顶灰色礼帽。

八

小维格罗维奇在舞台深处，普拉东诺夫，安娜·彼得洛芙娜，彼特林和谢尔博克。

彼特林 万岁，彼特林，法学硕士！乌拉！路在何方？

咱们上哪去？这是什么？（笑）巴维尔，这里是学校！这是教傻瓜忘掉上帝和欺骗老百姓的地方！我们到这里来了……嗯……是这样……这里……兄弟……他叫什么？——普拉东诺夫，这个有文化的人住在这里……巴维尔，现在普拉东诺夫在哪？你说说看法，不要害臊！他是在和将军夫人唱二重唱吧？噢嘿，上帝，随你便……（喊）格拉戈列耶夫是傻瓜！将军夫人愚弄了他，他得中风了！

谢尔博克 格拉辛姆，我想回家……想睡觉！别管他们！

彼特林 巴维尔，咱们的外套上哪去了？咱们上车站站长那里去过夜，但外套没有……（笑）姑娘们把我们的外套脱掉了？你啊，骑士，骑士！……姑娘们把咱们的外套给脱了……（叹气）哎，巴维尔……你喝香槟酒了吗？也许，你现在醉了？你喝了谁的酒？你喝了我的酒……你现在喝的是我的酒，吃的也是我的……将军夫人身上穿的衣服也是我的，谢尔盖脚上穿的袜子也是我的……全都是我的！我把一切都转交给他们了！皮鞋匠自己的鞋后跟是歪的……全给他们了，全花在他们身上了，但我得到什么？你问，我得到了什么？嘲弄和羞辱……是的……仆人去餐桌上斟酒故意漏掉我，而将军夫人也忘恩负义……

普拉东诺夫 我受不了啦！

安娜 等一等……他们马上就走！这个彼特林真是个畜

生！多会撒谎！而这个老糊涂居然相信……

彼特林 犹太人得到更多尊重……犹太人在床头，而我们在脚跟头……这为什么？因为犹太人给的钱多……而在额头写有宿命的话：公开拍卖！

谢尔博克 这是涅克拉索夫的诗句……听说，涅克拉索夫死了……

彼特林 行了！以后一个戈比都不给！听到了吗？一个戈比都不给！就让老头子在坟墓里生气好了……就让他在那里跟……掘墓人打交道！完了！我要出具拒付期票的证书！明天就办！我要让那个不地道的女人丢脸！

谢尔博克 她是伯爵夫人，男爵！她有一副将军夫人的脸！而我……是草民一个……就让杜尼娅来安慰安慰我……这条路多糟糕！要有条带电线杆的公路就好了……还有铃铛……叮当，叮当，叮当……

[谢尔博克和彼特林下。

九

上一场的人物少了彼特林和谢尔博克。

安娜 （从树后走出）他们走了？

普拉东诺夫 他们走了……

安娜 （抓住他的肩）咱们走？

普拉东诺夫　咱们走！我去，但你要知道我是多么不想走！……不是我要到你那里去，而是一个小鬼现在敲着我的后脑勺说：去吧，去吧！你要明白！我的良心不能接受你的爱情，是因为我的良心深信你在犯一个不可挽回的错误……

沙萨　（站在窗前）米沙，米沙！你在哪？

普拉东诺夫　见鬼！

沙萨　（在窗前）啊嘿……我看到你了……你和谁在一起？（笑）安娜·彼得洛芙娜！我好不容易把您认出来了！您一身黑！您穿什么衣服了？您好！

安娜　您好，阿历克山德拉·伊凡诺夫娜！

沙萨　您穿了骑马服？这么说您在骑马？好得很！夜晚这么美好！米沙，咱们一起去！

安娜　阿历克山德拉·伊凡诺夫娜，我已经骑够了……我现在回家……

沙萨　这样当然好……米沙，回房间！……我现在不知道该怎么办！柯里亚的情况不好……

普拉东诺夫　哪个柯里亚？

沙萨　哥哥尼古拉……大概是喝酒喝多了……进来吧！安娜·彼得洛芙娜，您也请进！我到地窖里去拿点酸奶……咱们喝上一杯……冷酸奶！

安娜　谢谢您……我现在就回家……（向普拉东诺夫）你来……我等你

沙萨　要不然我就去地窖了……米沙，回来！（隐去）

普拉东诺夫　完全忘了她的存在……她相信，她多相信?! 走吧……我把她安顿好睡觉再来……

安娜 快点……

普拉东诺夫 差点出乱子!暂时再见……(向学校走去)

十

安娜·彼得洛芙娜,小维格罗维奇,然后是奥辛普。

安娜 意想不到的事……我也完全忘记了她的存在……(停顿)我说……再说,他也不是第一次欺骗这个可怜的姑娘! ……哎……罪过就罪过了!只有一个上帝知道!不是第一次了……欺骗!他在那边安顿她睡觉,我先在这里等着! ……能拖一个小时吧,如果不是更多……

小维格罗维奇 (走向她)安娜·彼特洛芙娜……(跪倒在她面前)安娜·彼得洛芙娜……(抓住她的手)安娜!

安娜 这是谁?这是您?(向他俯下身去)这是谁?您,伊萨克·阿勃拉莫维奇?是您?您怎么啦?

小维格罗维奇 安娜!(吻她手)

安娜 走开!这样不好!您是男人!

小维格罗维奇 安娜!

安娜 别缠我!滚开!(推他的肩)

小维格罗维奇 (倒在地上)唷!愚蠢……愚蠢!

奥辛普 （上）小丑！这是您，尊敬的夫人？（鞠躬）您怎么到我们这块神圣的土地上来的？

安娜 这是你，奥辛普？你好！偷看来着？当密探？（拉住他的下巴）全看见了？

奥辛普 全看见了。

安娜 你为什么面孔刷白？啊？（笑）你爱上我了？奥辛普？

奥辛普 随您怎么说……

安娜 爱上了？

奥辛普 我不理解您……（哭）我把您当成圣女……您如果命令我钻火堆我就钻火堆……

安娜 你为什么不去基辅？

奥辛普 我去基辅干吗？我把您当成圣女……对我来说世上没有比您更神圣的人……

安娜 行了，傻瓜……再给我打兔子……我还会接受……呶，再见了……明天来找我，我给你钱：你坐火车去基辅……行吗？再见……你不敢动我的普拉东诺夫一个手指！听到了吗？

奥辛普 您现在不能对我下命令了……

安娜 瞧您说的！是不是您要命令我进修道院？这叫什么事！……呶，呶……哭起来了……你是小孩怎么的？够了……他到我这边来，你就开枪！……

奥辛普 朝他开枪？

安娜 不，朝天开枪……奥辛普，再见了！枪开响一点！你开枪吗？

奥辛普　我开枪。

安娜　这就对了……

奥辛普　但他不会到您那儿去的……他现在和妻子在一起。

安娜　瞎扯……再见了,你这个坏蛋!

　　　　［跑下。

十一

奥辛普和小维格罗维奇。

奥辛普　(用帽子击打地面,哭)完了! 全完了!

小维格罗维奇　(躺着)他在说什么?

奥辛普　我看见了所有的情景,也听到了! 眼睛都胀裂了,好像有人用粗大的锤子在我耳边敲打! 我全听到了! 如果要把他撕成碎片,怎么能不把他杀了……(坐在土埂上背对着小学校)应该把他杀了……

小维格罗维奇　他在说什么? 杀死谁?

十二

上一场的人物,普拉东诺夫和特里列茨基。

普拉东诺夫 （把特里列茨基赶出学校）滚！马上就到店老板那里去！走！

特里列茨基 （伸懒腰）我宁愿让你明天用大棍子打我，也不愿意你今天把我叫醒！

普拉东诺夫 尼古拉，你是个混蛋，你知道吗？

特里列茨基 有什么办法？我生来就是这样呢？

普拉东诺夫 要是店老板死了呢？

特里列茨基 如果他死了，那么祝他在天国安息，而如果他还在继续为生存而斗争，那么你没有必要说这些可怕的话……我不到店老板那里去！我要睡觉！

普拉东诺夫 你走，畜生，你走！（推他）我不让你睡！你是怎么回事？你是什么人？为什么你无所事事？为什么你在这里好吃好喝过舒服日子而什么也不干？

特里列茨基 要教训我……你有什么权力……小子！

普拉东诺夫 你告诉我，你算是什么东西？这多可怕！你为什么活着？你为什么不搞科学？你为什么不继续自己的学业？你为什么不研究科学，畜生？

特里列茨基 关于这个有趣的问题，到了我不想睡觉的时候再讨论，而现在还是让我去睡觉……（搔痒）要知道！无缘无故，就叫我起来，就骂我混蛋！嗯……做人的规矩……狗把这些规矩都吃了！

普拉东诺夫 奇怪的家伙，你为哪个上帝服务？你是个什么人？不，我们都没有出息！

特里列茨基 听我说，米哈依尔·瓦西里耶维奇，谁给了你权利用你的粗爪子捅进别人的心窝里去？你的无礼超出了所有限度，兄弟！

普拉东诺夫 除了地上的苔藓之外，我们什么也没有收获！我们是没落了的人群！我们分文不值！（哭）没有一个人可以让我的眼睛得到休息！一切是那样的庸俗、肮脏、丑陋……尼古拉，滚开吧！走吧！

特里列茨基 （耸肩）你在哭？（停顿）我到店老板那里去！听到了吗？我去！

普拉东诺夫 随你便！

特里列茨基 我去！现在就走……

普拉东诺夫 （跺脚）快滚！

特里列茨基 好……米沙，你去睡吧！不必激动！再见了！（走，又停下）临别赠言……告诉所有的宣传家，其中也包括你自己，让他们的宣传词能和宣传家们自己的行为挂起钩来……如果你自己的眼睛不能在自己身上得到休息，那么就不能要求我能让你的眼睛得到休息。顺便说说，你的眼睛在月光下非常好看！它们像绿色的玻璃在闪烁……还有什么……与你没有必要说……得把你痛打一顿，让你粉身碎骨，为了这个姑娘和你断交……向你说些你从来没有听到的话！但……我不会！我是个不好的决斗者！这是你的幸福！……（停顿）再见！（下）

十三

普拉东诺夫，小维格罗维奇和奥辛普。

普拉东诺夫 （抱住自己的头）不是我一个人这样，所有的人都是这样！所有的人！人在哪，我的天？我是什么人！别到她那里去！她不是你的！这是别人的！伤害了她的生活，永远伤害了！从这里走开！不！我要在她身边，我要生活在这里，我要喝醉酒，我要骂大街……堕落的人，愚蠢的人，醉酒的人……永远是喝醉的！愚蠢的母亲和醉鬼父亲生下来的！父亲……母亲！父亲……噢，让你们的枯骨在那里不得安宁吧，就像你们当年怎样喝醉了酒愚蠢地折腾出我这可怜的生命！（停顿）不……我说什么了？上帝宽容……天国……（碰到躺着的小维格罗维奇）这是谁？

小维格罗维奇 （爬起来跪着）野蛮的，丑恶的，可耻的夜晚！

普拉东诺夫 啊……走吧，去用你父亲的良心换来的墨水把这个野蛮的夜晚写进你愚蠢的日记！滚开！

小维格罗维奇 是的……我会记下的！（离去）

普拉东诺夫 他在这儿干吗？偷听？（向奥辛普）你是谁？你为什么在这儿，自由的射击手？也在偷听？从这里滚开！或者站住……去把维格罗维奇追上，把他的金链子摘下来!

奥辛普 什么金链子?

普拉东诺夫 他胸前挂一个很大的金链子!去追上他,把链子摘下来!快!(跺脚)快,否则追不上了!他现在像个疯子一样向村里面跑!

奥辛普 而您到将军夫人那儿去?

普拉东诺夫 快走,混蛋!不要打他,把金链子摘下来就行!走!站着干吗?跑!

〔奥辛普跑下。

普拉东诺夫 (沉默之后)走……走还是不走?(叹气)走……去哼唱那支很长的但实际上很枯燥乏味的歌……我本来以为,我是身披坚实的铠甲的!而实际上呢?女人一句话,我就燃烧了起来……别人面对的是世界性的问题,而我面对的是女人!一生都是女人!恺撒大帝面对的是卢比孔河,我面对的是女人……空虚好女色的人!如果我随波逐流,不做反抗了,也就无所谓了,但我偏偏有所反抗呵!软弱,非常软弱!

沙萨 (在窗口)米沙,你在这里?

普拉东诺夫 在这里,我的可怜的宝贝!

沙萨 进屋来!

普拉东诺夫 不,沙萨!我想在露天躺一会。我头痛。睡吧,我的天使!

沙萨 晚安!(关窗)

普拉东诺夫 欺骗一个无限信任你的人是很痛苦的!我

满身是汗,脸上红了……我去!(走)

[卡嘉和雅可夫迎着他走来。

十四

普拉东诺夫,卡嘉和雅可夫。

卡嘉 (向雅可夫)你在这等着……我马上回来……只是我要把书拿上……别走啊!(迎着普拉东诺夫走去)

普拉东诺夫 (见到卡嘉)是你?你要什么?

卡嘉 (吓了一跳)啊嘿……这是您?我正要找您。

普拉东诺夫 卡嘉,这是你?从夫人开始到女仆结束,都是夜间的鸟!你要什么!

卡嘉 (轻声)夫人派我给您送信。

普拉东诺夫 什么?

卡嘉 夫人派我给您送信!

普拉东诺夫 你撒什么谎?什么夫人?

卡嘉 (轻声)索菲娅·叶戈洛芙娜……

普拉东诺夫 什么?你发疯了?用凉水给自己冲一冲!从这儿滚开!

卡嘉 (递过信)信在这里!

普拉东诺夫 (夺过信)信……信……什么信?不能明天送来?(打开信封)我怎么读这封信?

卡嘉 夫人请您尽快读……

普拉东诺夫 （燃亮一根火柴）见鬼了！（读）"我走出第一步。来，我们一起来走。我复活了。来把我取走。你的我。"鬼知道……像份电报！"在第四根电线杆附近的亭子里等到四点钟。喝醉酒的丈夫跟小格拉戈列耶夫去打猎了。你的索。"岂有此理！（向卡嘉）你瞧什么？

卡嘉 我有眼睛我怎么不能瞧？

普拉东诺夫 把眼睛挖了！这是给我的信？

卡嘉 给您的……

普拉东诺夫 骗人！滚开！

卡嘉 是。

　　［卡嘉和雅可夫离去。

十五

普拉东诺夫独自一人。

普拉东诺夫 （沉默之后）这就是后果……闹到这个地步了！伤害了一个女人，一个活生生的人，无缘无故……可恶的舌头！事情到了这一步……现在该怎么办？你这个聪明的头脑，想想招！现在痛骂自己，撕扯头发……（思索）离开！马上离开，直到世界末日也不在这里露面！离开这里远走高飞，严格控制自己！即使过苦日子，也要比陷在这个是非之地好!(停顿)我走……但……索菲娅难道真的爱我?是吗?(笑)为什么?在这个世界上什么都是迷混不清!(停顿)奇怪……这个美丽的,大理石般的长一头秀发的女人会爱我这个穷光蛋?难道她真爱?不可思议!(点燃火柴,又读信)是的……爱我?索菲娅?(大笑)爱?(抓住自己的胸膛)幸福!要知道这是幸福!这是新生活,有新的面孔,新的道具!我去!到第四根电线杆旁边的亭子里去!等我,我的索菲娅!你原来是我的,将来还是我的!(走又停下)不能去!(返回)把家庭毁了?(叫喊)沙萨,我进屋来!开门!(抓住自己的头)我不去,我不去……我不去!(停顿)我去!(走)走吧,打碎吧,践踏吧,亵渎吧……

〔与沃依尼采夫和小格拉戈列耶夫相遇。

十六

普拉东诺夫,沃依尼采夫和小格拉戈列耶夫。
沃依尼采夫和小格拉戈列耶夫肩背猎枪上。

沃依尼采夫 是他!是他!(拥抱普拉东诺夫)呶?咱们打猎去!
普拉东诺夫 不……别忙!
沃依尼采夫 朋友,你急着去哪?(笑)醉了,我醉了!

我平生第一次醉了！我的上帝，我多么幸福！我的朋友！（拥抱普拉东诺夫）咱们走？她让我……她命令我给她打点野味……

小格拉戈列耶夫 咱们快走！快天亮了……

沃依尼采夫 你知道我们想做什么？这个想法难道不英明？我们想演哈姆雷特！真的！我们搞这样的戏，谁也想不到，鬼也受不了！（大笑）你面色这么苍白……你也喝了？

普拉东诺夫 就算……醉了。

沃依尼采夫 别忙……我的想法！明天就开始画布景！我演哈姆雷特，索菲娅演奥菲里娅，你演克劳狄斯，特里列茨基演霍拉旭……我多么幸福！我满意了！莎士比亚，索菲娅，你和妈妈！此外什么也不需要了！当然，还有格林卡。其他就没有了！我的哈姆雷特……你的行为可以使贞节蒙污，是美德得到了伪善的名称！（笑）在哪方面不像哈姆雷特？

普拉东诺夫 （挣扎出来，跑）下流坯！（跑下）

沃依尼采夫 学鸟叫！醉了！傲慢！（笑）我们的朋友怎么样？

小格拉戈列耶夫 酒精烧的……咱们走！

沃依尼采夫 咱们走……你也能成为我的朋友的，如果不走……奥菲利娅！噢，村中女神，在你的神圣的祈祷中记住我的罪过吧！[1]

---

1 这是《哈姆雷特》第三幕第四场里的一句台词。

[两人走下。

[听得到火车的声音。

十七

奥辛普,然后是沙萨。

奥辛普 (拿着金链子跑上)他在哪?(环顾)他在哪?他走了?他不在了?(吹口哨)米哈依尔·瓦西里耶维奇!啊呜!(停顿)没有人?(跑到窗前,敲窗)米哈依尔·瓦西里耶维奇!米哈依尔·瓦西里耶维奇!(打碎一块玻璃)

沙萨 (在窗口)谁在这里?

奥辛普 叫一下米哈依尔·瓦西里耶维奇!快点!

沙萨 发生什么事了?他不在房间!

奥辛普 (叫喊)不在?那么,他到将军夫人那里去了!将军夫人到过这里,叫他来着!全完了,阿历克山德拉·伊凡诺芙娜!他到将军夫人那里去了,这个该死的!

沙萨 你在说谎!

奥辛普 上帝惩罚我好了,上将军夫人那里去了!我全听到了,全看到了!他们在这里拥抱接吻来着……

沙萨 你在说谎!

奥辛普 如果我说谎,让我的父母进不了天堂!到将军夫人那里去了！从妻子身边走开了！阿历克山德拉·伊凡诺芙娜，去追！不，不……全完了！您现在是个不幸的人！（从肩上取下猎枪）她最后一次命令我，我也最后一次执行！（往天空打枪）让她去迎接他！（把枪扔在地上）阿历克山德拉·伊凡诺芙娜，我要杀了他！（跳过土埂坐在树桩上）阿历克山德拉·伊凡诺芙娜，别担心……别担心……我杀了他，您不要怀疑……

〔见到火光。

沙萨 （穿着睡衣出来，头发蓬乱）他走了……骗了我……（大哭）我完了……上帝，杀了我吧，在这之后……

〔口哨声。

沙萨 我趴到火车下……我不想活了……（躺在铁轨上）骗了我……圣母，杀了我吧！（停顿）上帝，请原谅……（叫喊）柯里亚！（跪起来）儿子！救救我吧！救救我吧！看，火车来了！……救救我吧！

〔奥辛普跃向沙萨。

沙萨 （倒在轨道上）啊嘿……

奥辛普 （抱起她走向学校）我杀了他……别担心！

〔火车通过。

——幕落

第三幕

学校的一个房间。左右两边都有门,一个摆有器皿的柜子,一个五斗柜,一架老式钢琴,几把椅子,一个漆布沙发,一把吉他,等等,杂乱无章。

一

索菲娅·叶戈洛芙娜和普拉东诺夫。

普拉东诺夫睡在沙发上,在窗子旁,面孔被一顶草帽遮住。

索菲娅 (叫醒普拉东诺夫)普拉东诺夫!米哈依尔,瓦西里耶维奇!(推他)醒醒!米沙!(把盖在他脸上的帽子取走)能把这样的脏帽子放在脸上吗?唷,这个人怎么不讲卫生!领扣掉了,敞着胸膛睡觉,没有洗脸,穿着脏的衬衣……米沙!对你讲话呢!起来!

普拉东诺夫　啊！

索菲娅　醒醒！

普拉东诺夫　睡一会……好……

索菲娅　别磨蹭了，快起来！

普拉东诺夫　这是谁？（坐起）这是索菲娅？

索菲娅　（把表放到他面前）你看看！

普拉东诺夫　好的……（躺下）

索菲娅　普拉东诺夫！

普拉东诺夫　呐，你要干什么？（坐起）呐？

索菲娅　您看看表！

普拉东诺夫　这是怎么回事？索菲娅，你又出怪招了！

索菲娅　是的，我又出怪招了。米哈依尔·瓦西里耶维奇！请看看表！现在几点了？

普拉东诺夫　七点半钟。

索菲娅　七点半……你忘了我们怎么约定的？

普拉东诺夫　什么约定？索菲娅，你说明白点！我今天既不想开玩笑也不想猜无聊的哑谜！

索菲娅　什么约定？你忘了？你怎么啦？你的眼睛红了，你疲惫不堪，你是病了？（停顿）我们的约定：今天六点钟我们两人到木房……忘了？六点钟已经过了……

普拉东诺夫　还有呢？

索菲娅　（坐在旁边）你不害臊？你为什么不来？你作过承诺的……

普拉东诺夫　如果我没有睡着，我会履行诺言的……你也看到了我在睡觉吧？你在纠缠什么？

索菲娅 （摇头）你真不地道！你恶狠狠地看我干吗？你至少对我不地道……你想想……你哪怕有一两次准时来和我幽会的？你有多少次自食其言！

普拉东诺夫 听到这个很高兴！

索菲娅 普拉东诺夫，这不聪明，也不体面！你为什么不能像以前我们在一起的时候那样的高尚、聪明和单纯？为什么要有这些下流的做派，它们与那个拯救过我的精神生活的人是不相配的。你在我跟前表现得不成体统……没有温柔的眼神，没有甜蜜的话语，没有一句爱情的表白！到你这儿来，你身上散发着酒气，穿着不像样子，不梳头，言语粗鲁……

普拉东诺夫 （跳起来，在舞台上走动）你又来了！

索菲娅 你醉了？

普拉东诺夫 这关你什么事？

索菲娅 真不错！（哭）

普拉东诺夫 女人！！

索菲娅 别跟我谈女人！你一天要谈一千次女人！烦透了！（站起）你要怎么对付我？你要把我害死？我被你折腾成病人了！因为你的德性，我整天整夜地胸痛！你难道没有发现？你不想知道这个？你憎恨我！如果你爱我，你就不会这样对待我的！我不是普普通通的姑娘，不是没有教养的女人！我不允许有谁……（坐下）看在上帝分上！（哭）

普拉东诺夫 够了！

索菲娅 你为什么要害死我?那晚幽会之后才过了三个星期,我就瘦得像根细劈柴了!你答应给我的幸福在哪里?你的这些出格的行为会有什么结果?你好好想想,你这个聪明正派的人!想!普拉东诺夫,现在还不晚!现在就想……就坐在这个椅子上,把什么都抛到脑后,就想一个问题:你怎么对待我?

普拉东诺夫 我不会想。(停顿)你倒可以想想!(走近她)你想想!我让你失去了家庭,失去了安宁,失去了前途……为什么?我就像一个你的最凶恶的敌人抢劫了你!我能给你什么?我用什么来补偿你作出的牺牲?这个不合法的纽带是你的不幸,你的毁灭!(坐下)

索菲娅 我和你好了,而你把这个关系称为不合法的纽带!

普拉东诺夫 哎……现在不是挑剔用词的时候!你对这种关系有自己的看法,我对这种关系也有自己的看法……我把你害了,这就是全部问题!而且不仅害了你一个……你等着,当你丈夫知道之后,还不知道他会搞出点什么名堂!

索菲娅 你怕他给你闹些什么不愉快?

普拉东诺夫 这我不怕……我是怕我们把他杀了……

索菲娅 如果你知道我们会置他于死地,你这个胆小鬼当初为什么来找我?

普拉东诺夫 请你别这么……激动!你这个调调打动不了我……而你为什么……(挥一挥手)和你说话就

是让你流泪……

索菲娅　是的，是的……与你交往之前，我从来不哭！你害怕吧，发抖吧！他已经知道了！

普拉东诺夫　什么？

索菲娅　他已经知道了。

普拉东诺夫　（站起）他？！

索菲娅　他……我今天早上和他说明白了……

普拉东诺夫　开玩笑……

索菲娅　脸白了？！得恨你，而不是爱你！我发疯了……我不知道，我为什么……为什么要爱你？他已经知道了！（抖动他的衣袖）你发抖吧！他全都知道了！我向你发誓，他全都知道了！发抖吧！

普拉东诺夫　不可能！这不可能！（停顿）

索菲娅　他全都知道……需要做这个吗？

普拉东诺夫　你为什么发抖？你是怎么跟他说的？你对他说了什么？

索菲娅　我对他说，我已经……我不能……

普拉东诺夫　他呢？

索菲娅　他像你一样……害怕了！而你现在的面孔多难看！

普拉东诺夫　他说了什么？

索菲娅　一开始他以为我在开玩笑，但当他知道这是真的之后，他脸色惨白，走路摇摆，痛哭流涕，开始跪在地上爬……他的面孔像你现在的面孔一样的难看！

普拉东诺夫 小妖精,你干什么?!(抓住自己的脑袋)你要害死他!而你竟然能这样冷静地谈论这一切?你害死了他!你……提到了我吗?

索菲娅 提到了……能不提吗?

普拉东诺夫 他什么反应?

索菲娅 普拉东诺夫,你害羞吧!你不知道你在说什么!依你的想法,不必说?

普拉东诺夫 不必!(头朝下躺在沙发上)

索菲娅 正派人,你在说什么?

普拉东诺夫 不会比杀人更正派!我们要了他的命,他哭了,跪在地上爬了……啊嘿!(跳起)不幸的人!如果不是你,他到死也不知道我们的关系!

索菲娅 我一定要对他说!我是个诚实的女人!

普拉东诺夫 你知道你这一说带来了什么后果吗?你永远和你丈夫分开了!

索菲娅 是的,永远分开了……还能有另外的结果吗?普拉东诺夫,你开始说话不要脸了!

普拉东诺夫 永远分开……如果我们分了手你该怎么办?而我们很快会分手的!你首先会清醒起来!你首先会睁开眼睛,把我甩了!(挥手)索菲娅,你想怎么做就怎么做吧!你比我诚实比我聪明,你把这些麻烦都揽到自己身上吧!你行动吧,你说吧!如果可以,你就让我站起来,让我复活!但是要快点,看在上帝的分上,否则我会发疯的!

索菲娅 我们明天就离开这里。

普拉东诺夫　是的，是的，我们走……只是要快一点！

索菲娅　得把你从这里带走……我给母亲写信说到了你，我们去投奔母亲……

普拉东诺夫　投奔谁都行！按你的想法做！

索菲娅　米沙！要知道，这是新生活……你要明白这个！……米沙，你听我的！一切都按我的意思办！我的头脑比你清楚！我亲爱的，请拥抱我！我让你站起来！我把你领到一个地方去，那里有更多的阳光，那里没有这种污秽，这种灰尘，这种懒惰，这种肮脏的衬衫……我要把你变成一个人……我给你幸福！你要明白……我要把你变成一个会劳作的人！米沙，我们将做一个人！我们将吃我们自己的面包，我们将流汗，我们手上会起老茧……（把头偎在他胸前）我要工作……

普拉东诺夫　你在哪里工作？就是有些比你还要强的女人，现在也只能像倒伏下来的麦捆，无所作为！你不会工作，再者你能做什么？索菲娅，我们现在的情况是，现实地考虑问题较有益，而不要用幻想来安慰自己……当然也说不定。

索菲娅　你瞧好吧！有的女人跟我不一样，但我比她们强……米沙，相信我！我给你照亮道路！你把我复活了，我的整个生命都将是对你的报答……明天我们走吗？走？我去收拾收拾……你也收拾收拾……十点钟到那间房子，把自己的东西带上……来吗？

普拉东诺夫　我来。

索菲娅　向我保证，你一定会来！

普拉东诺夫　啊……我已经说了！

索菲娅　向我保证！

普拉东诺夫　保证……我向上帝发誓……我们一起离开这里！

索菲娅　（笑）我相信，我相信！最好早点到……我十点钟以前肯定到……晚上就开路！米沙，让我们重新开始生活！傻子，你不知道自己的幸福！要知道这是我们的幸福，我们的生活！……明天你就成为另一个人，崭新的新人！我们会呼吸新的空气，新的血液会在我们的血管里流动……（大笑）旧的人，让开路吧！给你手！你捏住它！（给手）

〔普拉东诺夫吻她的手。

索菲娅　来啊，我的笨手笨脚的人！我会等你的……别忧伤……暂时再会！我会收拾得很快的！……（吻他）

普拉东诺夫　再见……是十一点还是十点？

索菲娅　十点……最好再早一点！再见！上路衣服穿得体面一些……（笑）钱我有……路费和饭费……再见！我去收拾……高兴一点！十点钟等你！（跑下）

二

普拉东诺夫一人。

普拉东诺夫 （沉默之后）不是幻想……听过一百遍了……（停顿）给他和沙萨写封信……让他们哭，让他们原谅和忘记！……沃依尼采夫卡花园，再会了！一切都再会了！还有沙萨和将军夫人……（打开柜子）明天我就是个新人了……什么样的新人！把衬衣装在哪里？我没有手提箱……（倒酒）学校，再见了！（喝）再见了我的孩子们！你们的不好的但善良的米哈依尔·瓦西里耶维奇要消失了！我现在喝酒？为什么？以后不再喝酒了……这是最后一次……坐下来给沙萨写信……（躺在沙发上）索菲娅真诚地相信……傻乎乎的信徒……将军夫人，你笑吧！要知道，将军夫人会笑的呵！会大笑的！……是的！好像她来了封信……在哪？（从窗台上拿到信）那个野蛮的夜晚之后的第一百封信，如果不是第二百封信的话……（读）"普拉东诺夫，你不回答我的信，你这个不礼貌的、残酷的笨蛋！如果这封信也石沉大海，您也不露面，那我就到您那边去，见你的鬼！等了您整整一天。愚蠢，普拉东诺夫！可以设想，您为那个夜晚感到羞耻。如果这样，就把它忘了！谢尔盖和索菲娅表现得非常不好——蜜月已经完结了。这都是因为他们身边没有一个能夸夸其谈的人。而您是个夸夸其谈的人，再见！"（停顿）而这个字写得不错！很认真，很大胆……逗号，句号，标点符号都对……能正确地书写的女人是个少有的现象……

［马尔科上。

普拉东诺夫　得给她写封信，否则她就来了……（见到马尔科）显灵了……

三

普拉东诺夫和马尔科。

普拉东诺夫　欢迎光临！找谁？（坐起）

马尔科　大人……（从包里取出传票）给大人送传票……

普拉东诺夫　啊……很高兴。什么传票？谁派你来的？

马尔科　伊凡·安德烈伊奇，调解法官派我来的。

普拉东诺夫　嗯……调解法官派来的？他要我干什么？拿过来！（接过传票）我不明白……是请我赴洗礼宴吗？老的罪人像蝗虫一样贪吃！（读）"作为污辱五等文官之女玛丽雅·叶菲莫芙娜·格列科娃的被告"（笑）啊嘿，活见鬼！真棒！见鬼！什么时候审理这个案子？后天？我到庭……跟老头说一声，我到庭……真的，真聪明！这姑娘真行！早该这么办了！

马尔科　请签字！

普拉东诺夫　签字？可以……兄弟，你真可怕，像只遭了枪击的野鸭！

马尔科　完全不像……

普拉东诺夫 （坐在椅子上）那像谁?

马尔科 像圣像……

普拉东诺夫 尼古拉一世时代的?

马尔科 是的……塞瓦斯托波尔战役之后我退役了……除了服役之外我还在战地医院躺了四年……是上士……我是炮兵……

普拉东诺夫 是这样……炮好吗?

马尔科 口径很大……

普拉东诺夫 可以用铅笔签名吗?

马尔科 可以……收到此传票。名字、父名和姓。

普拉东诺夫 （站起）拿好,签了五次了。你的调解法官怎么样?还在玩牌?

马尔科 是的。

普拉东诺夫 从早上五点玩到晚上五点?

马尔科 是的。

普拉东诺夫 他的金链子还没有输掉?

马尔科 还没有。

普拉东诺夫 你跟他说……算了,什么也别对他说……赌债一般是不还的……这个傻瓜,玩牌欠债,而自己还有一大群孩子……这个姑娘可真有两下子!我没有想到,完全没有想到!谁是证人?还给谁发了传票?

马尔科 （翻拾传票,读）"医生,尼古拉·伊凡诺维奇·特里列茨基先生……"

普拉东诺夫 特里列茨基?（笑）要玩把戏了!还有谁?

马尔科 （读）"基里尔·波尔菲里耶维奇·格拉戈列耶夫先生，阿尔封斯·伊凡诺维奇·什利弗捷尔先生，退休骑兵少尉马克辛姆·叶戈雷奇·阿利乌托夫先生，五等文官之子中学生伊凡·塔里耶先生，圣彼得堡太学学士先生……"

普拉东诺夫 上面写的是"太学"？

马尔科 不是……

普拉东诺夫 那你干吗这么读？

马尔科 缺文化……（念）"大学学士谢尔盖·帕甫洛维奇……帕甫洛维奇·沃依尼采夫,圣彼得堡大……太学学士之妻索菲娅·叶戈洛芙娜·沃伊尼采娃女士，哈尔科夫太学学生伊萨克·阿勃拉莫维奇·维格罗维奇先生。"完了！

普拉东诺夫 嗯……这是后天，而明天就得走……可惜。我能想象那天开庭的情景……嗯……真糟糕！给她点满足呢……（在舞台上来回走）真糟糕……

马尔科 您赏点茶钱吧……

普拉东诺夫 什么？

马尔科 赏点茶钱……我走了六里地呢……

普拉东诺夫 茶钱？没有必要……我说什么了？好的，我亲爱的！我不给你茶钱，但我可以给你点茶……这对我更方便，对你更清醒……（从柜子里取出一个茶叶筒）你过来看看……是好茶，浓茶……尽管不是四十度的，但是浓的……给你装在哪？

马尔科 （撑开口袋）放吧……

普拉东诺夫　直接放在口袋里？不会变臭了？

马尔科　放吧，放吧……不必怀疑……

普拉东诺夫　（放茶叶）够了？

马尔科　非常感谢……

普拉东诺夫　你这个老头……我喜欢你们这些老兵！……你们是人民的灵魂！……但在你们中间有时也能碰到很可怕的人……

马尔科　什么样的人都有……只有上帝没有过失……再会！

普拉东诺夫　等一等……马上……（坐下来在传票上写）那时我吻你是因为……因为很烦躁，也不知道我想要什么，现在我可以像吻一个神圣的东西那样来吻你了。我承认，我对你不真诚。我对所有的人都不真诚。很遗憾，我们不能在法庭上见面。明天我要永远离开这儿。祝您幸福，愿您能公正地对待我！不要原谅我！（向马尔科）你知道格列科娃住哪？

马尔科　知道，如果蹚了河过去，离这儿十二里地。

普拉东诺夫　是的……在日尔科沃村……把这封信交给她，你就能得到三个卢布。直接交给她……不要回信……她给你信你不要拿……你今天就送去……现在……先送信去，然后再分发传票。（在舞台上踱步）

马尔科　明白。

普拉东诺夫　还有什么？有了！你跟所有的人说，我向格列科娃请求原谅了，但她不原谅我。

马尔科 明白，再见！

普拉东诺夫 再见，朋友！祝你健康！

〔马尔科离去。

四

普拉东诺夫一人。

普拉东诺夫 和格列科娃算是恩断义绝了……她会把我在全省之内搞臭的……该是这样……生平第一次被女人惩罚……（躺在沙发上）你祸害她们，而她们还扑向你的怀里……比如，索菲娅……（用手遮住脸）原先很自由，像风一样，而现在躺在这里，幻想……爱情……我爱，你爱，他爱……搞上了……把她毁了，满足了自己……（叹气）可怜的沃依尼采夫夫妇！而沙萨呢？可怜的姑娘！她没有我怎么生活？她会枯萎，会死掉……她感觉到了事实的真相，就走了，带着孩子，走了，连一句话都没留下……是那个可怕的夜晚之后走的……和她告别一下就好了……

安娜 （在窗口）可以进来吗？哎！房里有什么人吗？

普拉东诺夫 安娜，彼得洛芙娜！（跳起）将军夫人！对她说什么！她为什么要到这里来？（整整仪容）

安娜 （在窗口）可以进来吗？我要进来！听到了吗？

普拉东诺夫 她来了!怎么能不让她进来?(梳头)怎么把她打发走?趁她没有进来先喝点酒……(很快打开柜子)见鬼……我不明白!(快速喝酒)如果她还什么都不知道,那就好,要是她知道了呢?我脸红了……

五

普拉东诺夫和安娜·彼得洛芙娜。

安娜·彼得洛芙娜进门。普拉东诺夫慢慢地关上柜门。

安娜 您好!您好!
普拉东诺夫 关不上……(停顿)
安娜 您!您好!
普拉东诺夫 哎嘿……这是您,安娜·彼得洛芙娜?对不起,我没有看到……关不上……真奇怪……(掉下钥匙又捡起来)
安娜 您请到我这边来!别去折腾柜子了!别管它了!
普拉东诺夫 (走近她)您好……
安娜 您为什么不看着我?
普拉东诺夫 不好意思。(吻她的手)
安娜 什么不好意思?

普拉东诺夫　一切……

安娜　嗯……又勾引什么人了?

普拉东诺夫　差不多……

安娜　你这个普拉东诺夫!勾引了谁呢?

普拉东诺夫　我不说……

安娜　让我们坐下……

〔两人坐在沙发上。

安娜　我们能打听到的,年轻人,我们能打听到的……为什么对我不好意思?要知道我早就知道了您的罪恶的灵魂……

普拉东诺夫　您别问,安娜·彼得洛芙娜!我今天的情绪不适合回答对自己的探问。如果您愿意,您就说,但不要问!

安娜　好吧!信收到了吗?

普拉东诺夫　收到了。

安娜　为什么不来?

普拉东诺夫　我不行。

安娜　为什么不行?

普拉东诺夫　就是不行。

安娜　骄傲了?

普拉东诺夫　不是。我有什么好骄傲的?看在上帝分上,别问了!

安娜　让我来回答,米哈依尔·瓦西里耶维奇!您坐好!您为什么最近三个星期不到我们那儿去?

普拉东诺夫　我病了。

安娜 撒谎!

普拉东诺夫 我撒谎。安娜·彼得洛芙娜,您别问!

安娜 您身上怎么有酒味! 这是怎么回事,普拉东诺夫? 您是怎么啦? 您像什么了? 眼睛是红的,脸色那么难看……您那么脏,房间里那么脏……看看您的周围,多不像话! 您怎么啦? 您喝酒了?

普拉东诺夫 喝得很多!

安娜 嗯……去年的故事重演……去勾引了个女人,直到秋天还像个可怜虫样的,现在是这样……唐璜和可怜的胆小鬼共存于一身,别喝酒了!

普拉东诺夫 不了……

安娜 是真话? 再说,为什么要拿真话来让您受累? (站起)您的酒呢? (普拉东诺夫指指柜子)米沙,您要为自己的胆小感到害臊! 您的性格在哪里? (打开柜子)而柜子是乱成一团糟! 阿历克山德拉·伊凡诺芙娜要回来,非得收拾您不可! 您希望老婆回来吗?

普拉东诺夫 我只希望一点: 别问我问题, 眼睛也别这么盯着我的脸。

安娜 哪个瓶里有酒?

普拉东诺夫 所有的瓶里都有酒。

安娜 在所有这五个瓶子里? 啊! 你真是个酒鬼! 您的柜子里全是酒! 应该让阿历克山德拉·伊凡诺芙娜回来看看……您向她解释……我不是个可怕的竞争者……我不想让你们离婚…… (打开酒瓶)酒倒是挺香的……让我们喝一杯! 愿意吗? 现在我们喝点

酒，以后就不喝了！

〔普拉东诺夫走向柜子，拿好酒杯！

普拉东诺夫 （倒酒）喝！我不再倒了。（喝酒）

安娜 而现在我来喝……（倒酒）为坏人的健康！（喝酒）您是个坏人！好酒！您有好口味……（给他酒瓶）拿好！拿过来！（两人走到窗台）您与您的好酒告别！（瞧着窗外）倒酒……咱们再喝一次，好吗？咱们喝？

普拉东诺夫 随您便……

安娜 （倒酒）喝吧……

普拉东诺夫 （喝）为您的健康！愿上帝给您幸福！

安娜 （倒酒并喝酒）寂寞了吧？我们坐下……把酒瓶暂时放下……

〔两人坐下。

安娜 寂寞了？

普拉东诺夫 每时每刻。

安娜 那为什么不到我那里去？

普拉东诺夫 您别问了！我什么也不对您说，并不是因为我不愿意和你开诚布公，而是因为，我可怜您的耳朵！我要完蛋，彻底完蛋，我亲爱的！良心的折磨，郁闷，忧郁，痛苦，一句话！您来了，我还轻松一些。

安娜 您瘦了，难看了……我不能忍受这些浪漫主义的人物！您要把自己变成一个什么人，普拉东诺夫？您要扮演什么小说的人物？忧郁，苦闷，激情的冲突，吞吞吐吐的爱情……唉！您应该像个人样！要像个人那样地活着，蠢人！您为什么要像个天之骄子似的，不能像普通人那样地呼吸，那样地生活？

普拉东诺夫 这说起来轻松……做什么呢？

安娜 一个男人活着而不知道他该做什么！奇怪得很！他该做什么？！让我来给您回答您的问题，尽管这是个不值得回答的世俗问题！

普拉东诺夫 您什么也回答不了……

安娜 首先，像人那样地生活，也就是要别喝酒，常洗脸，常找我；第二，对您所拥有的感到心满意足……先生，您在犯傻！您的教师的职业还不能让您满足？（站起）现在就到我那里去！

普拉东诺夫 怎么的？（站起）到您那里去？不，不……

安娜 咱们走！您去见见人，谈谈话，骂骂人……

普拉东诺夫 不，不……不要命令我！

安娜 为什么？

普拉东诺夫 我做不到，就是这样！

安娜 您做得到！戴上你的帽子，咱们走！

普拉东诺夫 我做不到，安娜·彼得洛芙娜！说什么也不行！我不会离开一步！

安娜 您做得到！（给他戴帽子）你在犯傻，普拉东诺夫兄弟，你在开玩笑！（拉他的手）呶？一、二！……普拉东诺夫，开步向前走！（停顿）别这样，米沙！走吧！

普拉东诺夫 不行！

安娜 这么固执。像头壮牛！开始迈步，哎！一、二……米沙，亲爱的，可爱的……

普拉东诺夫 （挣脱出来）我不走，安娜·彼得洛芙娜！

安娜 那我们围绕着学校走走！

普拉东诺夫 为什么纠缠我？我已经说了我不走！我想留在家里，请您让我做我愿意做的事！（停顿）我不走！

安娜 好……普拉东诺夫，这样好了……我借点钱给您，您离开这儿随便到哪里去耽上一月，两月……

普拉东诺夫 到哪去？

安娜 到莫斯科，到圣彼得堡……去吗？米沙，你去吧！您现在最需要出去散散心！兜兜风，见见世面，看看戏，换换新鲜空气，散散心……我给您钱，还有信……你愿意的话，我和你一块去？愿意吗？去旅行旅行，玩耍玩耍……再回到这里我们就焕然一新了……

普拉东诺夫 这个想法很美妙，不幸的是，它无法实现……安娜·彼得洛芙娜，我明天就离开这里，但不是和您一块离开！

安娜 随您便……去哪？

普拉东诺夫 我去……（停顿）我走了，再不回这里来……

安娜 无所谓……（喝瓶里的酒）

普拉东诺夫 不是无所谓，我亲爱的！我要走了，永远离开这里！！

安娜 为什么，怪人？

普拉东诺夫 别问！真的，永远离开！我要离开这里……请原谅！别问！您什么也不会从我这里知道……

安娜 胡说！

普拉东诺夫 今天我们见面了……我将永远隐匿……（抓住她的手，然后抓住她的肩）请您忘了傻瓜、蠢驴、坏蛋普拉东诺夫！他要钻入地下，消失掉……可能，再过几十年我们又能重逢，那时我们会像老年人那样为这些青春岁月欢笑或哭泣，而现在……见鬼去吧！（吻她的手）

安娜 喝吧！（给他倒酒）醉鬼可以胡说八道……

普拉东诺夫 （喝酒）我不会醉的……我会记住的，我的好仙女！……永远不会忘记！笑吧，开放的、头脑清醒的女人！明天我要从这里走开，跑着离开，连自己也不知道走向何方，走向新生活！我知道这新生活意味着什么！

安娜 这一切都很好！但您身上究竟发生了什么？

普拉东诺夫 什么！我……您以后会知道的！我的朋友，当您为我的行为感到可怕的时候，请别痛骂我！您要记住，我几乎已经受到了惩罚……与您永远的分别甚于惩罚……您笑什么？相信我！我说的是真话，请您相信！心里这么痛苦，这么可耻，我等于把自己扼杀！

安娜 （含着眼泪）我还以为您能干出什么可怕的事来……您至少会给我写信吧？

普拉东诺夫　我不敢给您写信,您自己也不想读到我的信!毫无疑问是永别了……请您原谅!

安娜　嗯……普拉东诺夫,您没有我会完蛋的!(揉额头)我稍稍有点醉了……咱们一起走吧!

普拉东诺夫　不,明天您就全知道了……(把脸朝向窗外)

安娜　您需要钱吗?

普拉东诺夫　不……

安娜　我不能帮助您吗?

普拉东诺夫　我不知道,今天给我送张您的照片来……(转过身去)您走吧,安娜·彼得洛芙娜,要不我不知道会干出什么事来!我要大哭,我要自残……您走吧!我不能留在这里!我是用俄语跟您说话!您还等什么?我应该走,您应该理解这一点!您为什么这样瞧我!您为什么摆出这副面孔?

安娜　再会吧……(递过手去)我们还会见面的……

普拉东诺夫　不……(吻手)没有必要……您走吧,我亲爱的……(吻手)再会了……让我留下……(用她的手遮住自己的脸)

安娜　亲爱的,您萎靡不振了……呶?放开我的手……再见了!让我们在分别的时候再喝一杯?(倒酒)……一路顺风,然后是一路幸福!

　　〔普拉东诺夫喝酒。

安娜　留下来多好,普拉东诺夫!啊!(倒酒,喝酒)好好地活着好了……会有什么犯罪行为?在沃依尼采夫卡庄园能容忍这种行为吗？（停顿）再倒一杯苦酒？

普拉东诺夫 倒吧。

安娜 （倒酒）喝吧，我亲爱的……哎嘿，见了鬼！

普拉东诺夫 （喝酒）祝您幸福！自己好好活着……没有我也行……

安娜 喝吧……（倒酒）喝也死，不喝也死，那还是喝了死……（喝酒）我是酒鬼，普拉东诺夫……啊？再倒点？不要了……舌头都不能动了，到那时用什么说话？（坐下）做个有修养的女人是最糟糕的了……有修养的女人但无所事事……我算是什么人，我为什么活着？（停顿）不由自主地成了没有道德的女人……我是个没有道德的女人，普拉东诺夫……（笑）是吗？明明我爱你，可能因为我是个没有道德的人……（撞额头）我会完蛋的……这样的人总是要完蛋的……我是能到什么地方去当教授和校长的……我要是当个外交官，我会把整个政界闹个底朝天……有修养的女人，但又无所事事。说明，不需要这样的人……牛，马，狗都是需要的，但像我这样的人不需要，多余的人……是吗？您为什么不说话？

普拉东诺夫 我们两人都生活得不好……

安娜 要是有孩子也好……你喜欢孩子吗？（站起）留下吧，亲爱的！留下吗？可以好好地生活！……快乐，友好……你要走，我怎么办？我要休息……米沙！我需要休息！我想做个……妻子……母亲……

（停顿）别不说话！说呀！留下来？要知道……你爱我的，怪人？你爱吗？

普拉东诺夫 （瞧着窗子）如果我留下不走，我就把自己打死。

安娜 普拉东诺夫，你爱我的呀？

普拉东诺夫 谁不会爱您？

安娜 你爱我，我爱你，你还需要什么？也许你发疯了……你还需要什么？为什么晚上不来？（停顿）你留下吗？

普拉东诺夫 求求您走吧！您在折磨我！

安娜 （给他手）那……既然这样……就祝你一切都好……

普拉东诺夫 您走吧，要不我把什么都说了，而如果我把什么都说了，我就会打死我自己。

安娜 我把手递给您了……您没有看到？我晚上再来看你一下……

普拉东诺夫 不必！我自己去和您告别！我自己到您那里去……不，我不会再到你那里去！你再也见不到我了，我也再见不到你了！你自己也不想再见到我！永远绝交！新的生活……（拥抱她和吻她）最后一次……（把她推到门口）别了！走吧，祝你幸福！（用门闩把门关上）

安娜 （在门外）我向上帝发誓，我们还会见面的！

普拉东诺夫 不！别了！（把手指捂住耳朵）我什么也听不见！别说了，你走吧！我已经把耳朵堵上了！

安娜　我走！我派谢尔盖来看你，我敢说，你不会走的，如果要走，那也是跟我一起走！再见了！（停顿）

六

普拉东诺夫一人。

普拉东诺夫　她走了？（走到门前，倾听）她走了……或许她还没有走？（打开房间）她可是个女妖……（看门外）她走了……（躺到沙发上）再见了，可爱的女人！……（叹息）我以后再也见不到她了……她走了……她其实还可以再待五分钟的……（停顿）这倒不坏！我去请求索菲娅把行期后延两星期，而自己先跟将军夫人走！好……两个星期……就两个星期！索菲娅会答应的……可以先到母亲那儿住下……去求求她……啊？……现在我将先和将军夫人出走，让索菲娅去休息一下……积聚一点精力……我也总不会永远出走！

　　〔敲门声。

普拉东诺夫　我走！决定了！很好……

　　〔敲门声。

普拉东诺夫　谁在敲门？将军夫人？谁在那里？

　　〔敲门声。

普拉东诺夫　这是您？（站起）我不放您进来！（走向房

门）这是她吗？

[敲门声。

普拉东诺夫 在笑呢，好像……（笑）是她……应该放她进来……（开门）啊嘿！

[奥辛普上。

七

普拉东诺夫和奥辛普。

普拉东诺夫 怎么回事？你，见鬼！来干什么？

奥辛普 您好，米哈依尔·瓦西里耶维奇！

普拉东诺夫 你说什么？你这么一位重要人物的来访是因为什么，因为谁？快说！然后见鬼去！

奥辛普 我坐下……（坐下）

普拉东诺夫 可以！（停顿）是你吗，奥辛普？你怎么啦？你一脸的杀气和灾难！你怎么搞的？你脸色苍白，骨瘦如柴……你生病了？

奥辛普 你脸上也有杀气和灾难……您怎么搞的？我是见鬼了，您呢？

普拉东诺夫 我不认得鬼……我自己对付自己……（碰他肩）全是骨头。

奥辛普 您的脂肪在哪？米哈依尔·瓦西里耶维奇,您病了？因为行为端正？

普拉东诺夫 （坐在他旁边）干吗来？

奥辛普 来告别……

普拉东诺夫 难道你要离开这里？

奥辛普 我不离开这里，而是您要离开这里。

普拉东诺夫 原来这样！你是怎么知道的？

奥辛普 怎么会不知道！

普拉东诺夫 我不离开这里，你白来了。

奥辛普 您要走的……

普拉东诺夫 你什么都知道，什么都与你有关系……你啊，奥辛普，是妖怪。亲爱的，我是要走。你说对了。

奥辛普 您瞧，我是知道，我甚至知道您要往哪儿去！

普拉东诺夫 是吗？你真是个人物……而我自己也不知道。你是神仙，完全是神仙！那好，你说我要去哪？

奥辛普 您想知道吗？

普拉东诺夫 得了吧！真有意思！到哪儿去呢？

奥辛普 到阴间去。

普拉东诺夫 好远！（停顿）莫非你是送我去阴间的人？

奥辛普 正是。通行证我给您带来了。

普拉东诺夫 很好！……嗯……这么说，你是来杀死我的？

奥辛普 正是……

普拉东诺夫 （冒火）正是……多么无耻，见鬼！他来要送我到阴间去……嗯……你是自己想来杀死我还是受了什么人的指使？

奥辛普 （拿出一些票子）瞧……这是维格罗维奇给的，

他让我把您废了!(撕掉钞票)

普拉东诺夫 嗯……是老维格罗维奇?

奥辛普 就是他……

普拉东诺夫 你干吗把钞票撕了?想表现一下自己的大度,是吗?

奥辛普 我不会表现大度,我撕掉钞票,是为了不让您误以为我杀您是为了钱。

[普拉东诺夫站起,在舞台上踱步。

奥辛普 您害怕了,米哈依尔·瓦西里耶维奇?可怕?(笑)您跑吧,叫喊吧!我不站在门口,我不把住门,留着出口,您叫人来,说奥辛普来杀人了!我来杀您……您不相信?(停顿)

普拉东诺夫 (走向奥辛普,瞧着他)奇怪!(停顿)你笑什么?蠢货!(打他的手)别笑!跟你说话!住嘴!我把你吊起来!我把你揍扁了,海盗!(迅速离开他)得了……你别让我生气……我不能生气……我很痛苦。

奥辛普 因为我是个坏人,您打我耳光好了!

普拉东诺夫 没有问题!(走近奥辛普,打他耳光)怎么?身子摇晃了?你等着,要是几百根棍子敲打你的空虚的脑袋,看你还摇晃不摇晃!你想想,麻子费尔卡是怎么死的?

奥辛普 狗有狗的死法。

普拉东诺夫 你这个人多么可恶,畜生!我要把你揍扁了,坏蛋!你为什么要祸害人,卑鄙的灵魂,像病菌，像鬼火？他能给你什么？唔……坏蛋！！（打他耳光）卑鄙！我要把你……我要把你……（迅速离开奥辛普）滚开！

奥辛普　用唾沫吐我的眼睛，因为我是个坏人！

普拉东诺夫　我舍不得自己的唾沫！

奥辛普　（站起）你敢这么说？

普拉东诺夫　滚开，否则我把你骂得狗血淋头！

奥辛普　你不敢！您也不是个好人！

普拉东诺夫　你还这么跟我说话？（走近他）你是来杀死我的吧？你杀吧！我就在这里！你杀啊！

奥辛普　普拉东诺夫先生，我一直尊敬您，把您当成一个高尚的人！可现在……杀了您很可怜，但应该……您很坏。今天为什么有个年轻的夫人来找您？

普拉东诺夫　（抓住他的胸）你杀啊！你杀啊！

奥辛普　而后来将军夫人为什么又来了？这么说，您欺骗了将军夫人？而您的妻子在哪里？她们三个中哪一个是你真正爱的？啊？做了这种事情之后您还不是个坏人？（迅速把他摔倒，两个人一起倒在地上）

普拉东诺夫　滚开！我杀了你，而不是你杀我！我比你更有力气！（搏斗）轻点！

奥辛普　您转过身去！别拧我手！手没有过错，为什么要拧它！还这样！您会到阴间去的，到了那里代我向沃依尼采夫将军问个好！

普拉东诺夫　放开！

奥辛普　（从腰间取出一把刀）轻点！我杀了您！您有

力量！您是大人物！您不想死？不属于你的你就别去动！

普拉东诺夫 （大叫）呼！别，别……手！

奥辛普 您不想死？您现在就进天堂……

普拉东诺夫 坏东西，只是别刺我背，朝我胸口来！手！奥辛普，放开！妻子，儿子……这是刀在闪光？嗯，可恶的仇恨！

　　［沙萨跑上。

八

上一场的人物和沙萨。

沙萨 （跑上）怎么啦！（大叫）（跑向搏斗着的两个人，倒在他们的身上）你们在干什么？

奥辛普 这是谁？阿历克山德拉·伊凡诺芙娜？（跳起）让他活着！（向沙萨）给您刀，（给刀）当着你的面我不杀他……让他活着！以后再杀他！他跑不掉！（从窗子跳出）

普拉东诺夫 （沉默之后）见鬼……沙萨！这是你吧？（呻吟）

沙萨 他没有把你打伤？能站起来吗？快！

普拉东诺夫 我不知道……这坏蛋是用钢铸成的……拉我一把！（站起）别害怕，我亲爱的……我好好的，他只是打了我……

沙萨　这个人多可耻！我对你说过别惹他！

普拉东诺夫　沙发在哪？你看什么？你的背叛者还活着！你难道没有看到？（躺在沙发上）谢谢你来了，否则你就要当寡妇，我就是死者！

沙萨　睡在枕头上！（给他头下放枕头）这样多好！哪都不痛？（停顿）你为什么闭着眼睛？

普拉东诺夫　不，不……我就这样……你来了，沙萨？我的宝贝来了！（吻她手）

沙萨　我们的柯里亚真病了！

普拉东诺夫　他怎么啦？

沙萨　咳嗽，发烧，斑疹……两个晚上没有睡觉了，老嚷嚷……不吃不喝……（哭）他病得很重，米沙！我为他担惊受怕！……我多害怕！晚上做噩梦……

普拉东诺夫　你兄弟干什么了？他是医生啊！

沙萨　他？难道能指望得到他的同情？四天前他来了一下，转了转就走了，我向他问柯里亚的病情，他不理不睬……还说我是个傻瓜……

普拉东诺夫　这又是一个不干正经事的年轻人！他对自己也不负责任！他自己生病也不治。

沙萨　怎么办？

普拉东诺夫　希望……你现在住在父亲那里？

沙萨　是的。

普拉东诺夫　他怎么样？

沙萨　还好，在房里踱步，抽烟，他也想来看你，我回到那里，他看我神色恍惚的样子就猜到我……我和你的关系……柯里亚怎么办？

普拉东诺夫　别担心，沙萨！

沙萨　怎么能不担心？孩子死了，我们怎么办？

普拉东诺夫　是的……上帝不会从你手里把我们的孩子带走的！为什么上帝要惩罚你？难道是因为你嫁给了一个游手好闲的人？（停顿）沙萨，你把我的小孩子保护好！你替我把他保护好，我向你发誓，我将来会把他培养成一个人！他的每一个前进的脚步都将成为你的骄傲！要知道他也是普拉东诺夫！试试把他的姓改了……作为一个人，我很渺小，但作为一个父亲，我很伟大！别为他的命运担忧！噢，手（呻吟）我的手好痛……这个强盗出手挺重的……怎么办，（看自己的手）都红了……见鬼！沙萨……你和儿子会很幸福的！笑吧，我的金子！而你现在在哭？你哭什么？嗯……别哭，沙萨！（抱她的头）你来了……而你为什么走？别哭。小鬼！为什么哭？要知道，我喜欢你……非常喜欢！我的过错很大，但又有什么办法？需要原谅……噢……

沙萨　私情结束了。

普拉东诺夫　私情？这是什么意思，小女人？

沙萨　还没有结束？

普拉东诺夫　怎么对你说呢？私情倒没什么，但有点奇怪的乱弹琴……别为这个乱弹琴太不好意思！如果它还没有结束，但也快……结束了！

沙萨 什么时候结束？

普拉东诺夫 很快了！沙萨，我们很快会一切照旧！让这一切都过去吧！我已筋疲力尽……你不要相信这种纽结的牢固性，我就不相信！它结得不牢……她头一个会冷却热情，她头一个会嘲笑这个纽结。她带着眼泪注视的东西，我只能笑着看……她和我不般配……（停顿）你要相信我！索菲娅很快就不是你的竞争对手……你怎么啦，沙萨？

　　[沙萨站起身来，摇晃着身子。

普拉东诺夫 沙萨！

沙萨 你……你是和索菲娅，而不是和将军夫人？

普拉东诺夫 你这是头一次听说？

沙萨 和索菲娅？……卑鄙……下流……

普拉东诺夫 你怎么啦？你脸色苍白，摇摇晃晃……（呻吟）沙萨，你别折磨我！我手还痛着呢，而你又这样……难道这……这对你来说是新闻？你第一次听到？那你那时为什么离家出走？难道不是因为索菲娅？

沙萨 和将军的夫人也就算了，但你是和别人的老婆！卑鄙，犯罪……我没想到你这么卑鄙！上帝会惩罚你的，你这个不讲道德的人。（走向门口）

普拉东诺夫 （沉默之后）愤怒了！你上哪？

沙萨 （停在门口）上帝给点幸福……

普拉东诺夫 给谁？

沙萨 给您和索菲娅。

普拉东诺夫 愚蠢的小说看多了,沙萨!我对于你还是"你":我们有孩子,我……毕竟还是你丈夫!第二,我不需要幸福!沙萨,你留下吧!你要走……也许,永远不回来了?

沙萨 我受不了啦!嘿嘿,我的上帝,我的上帝……

普拉东诺夫 你受不住了?

沙萨 我的上帝……这难道是真的?(用手捧着太阳穴,坐下)我……我不知道应怎么做……

普拉东诺夫 你受不住了?(走近她)你的决断……留下来吧!傻瓜,你干吗哭闹?(停顿)哎呀,沙萨,沙萨……我的罪过很大,但难道就不能原谅?

沙萨 你自己原谅了自己?

普拉东诺夫 哲学问题!(吻她的头)你留下吧……我已经忏悔了!要知道没有了你,就剩白酒、污泥,还有辛酸之泪……我受够了!你可以作为一个看护妇而不是作为我的妻子留下来!女人,你们是些奇怪的人!沙萨,你也是奇怪的人!如果你能施舍奥辛普这样的坏蛋,能对小猪小狗爱护备至,能对自己的敌人们高唱赞歌,为什么就不能给自己的忏悔了的丈夫扔块面包?为什么你要像个刽子手出现?沙萨,留下吧!(拥抱她)我不能没有保姆!我是坏蛋,我夺了朋友之妻,我是索菲娅的情人,甚至还是将军夫人的情人,我一夫多妻,从家庭伦理的角度我是个混蛋……你仇恨吧,愤怒吧!但有谁像我那样爱你?谁能像我那样高地评价你?你还能给谁烧午饭，给谁的汤里加盐？你有权走……公正需要这个，但是……（抱起她）谁能这么抱你？你离开了我能行吗？

沙萨　我受不了啦！放开我！我完蛋了！你在开玩笑，而我要完蛋！（挣脱开）你知道这不是玩笑吗？别了！我不能跟你一起生活！现在所有的人都会认为你是卑鄙的人！我需要这个吗！（哭）

普拉东诺夫　走吧，上帝保护你！（吻她的头，躺在沙发上）我理解……

沙萨　你破坏了我们的家庭……原来我们的生活很幸福，很安宁……世上没有比我们更幸福的人……（坐下）米沙，你干了什么？（站起）你干了些什么？现在你无法挽回了……我是完蛋了……（哭）

普拉东诺夫　你走吧，上帝保佑你！

沙萨　别了！你再也看不到我了！别来找我们……父亲会把柯里亚送到你那里去的……上帝宽恕了你，我也宽恕！你毁坏了我们的生活！

普拉东诺夫　你要走？

沙萨　走……好了……（看了普拉东诺夫一会，然后离去）

九

普拉东诺夫一人，然后出现沃依尼采夫。

普拉东诺夫　瞧这新生活是为谁开始的！痛心！！我什么都失去了……我要发疯！我的上帝！沙萨，小孩子一个，她也敢放肆，还有他……基于什么神圣的原则居然也敢指责我！可恶的环境！（躺在沙发上）

　　［沃依尼采夫进门，停在门口。

普拉东诺夫　（沉默之后）这已经是结局了，或者还仅仅是一出喜剧的开始？（见到沃依尼采夫，闭着眼发出打鼾声）

沃依尼采夫　（走近普拉东诺夫）普拉东诺夫！（停顿）你还没睡……从你的面孔就能看出你没有睡……（坐在他旁边）我不以为你……可以睡觉……

　　［普拉东诺夫坐起。

沃依尼采夫　（站起，看着窗外）你把我毁了……这个你知道吗？（停顿）谢谢……我怎么啦？上帝保佑你……算了，活该如此……（哭）

　　［普拉东诺夫站起，慢慢走到房间的另一角落。

沃依尼采夫　命运曾经给我一个礼物……这也被夺去了！他光有自己的智慧，自己的面貌，自己的心灵还不够……他还要需要我的幸福！把我的幸福夺去了……而我？我？我什么也……是的……我是个有病的人，愚钝的人，意志薄弱的人，被上帝欺侮的人……无所事事的人，迷信的人……朋友把我毁了！

普拉东诺夫　走开!

沃依尼采夫　现在就走……我是来向你挑战决斗的,结果说了这一通……我走。(停顿)我完全失去了?

普拉东诺夫　是的

沃依尼采夫　(吹口哨)这样……当然……

普拉东诺夫　走开!我求你了!走开!

沃依尼采夫　马上……我来这儿做什么?(向房门走去)我在这儿无事可做……(停顿)把她还给我,普拉东诺夫!行行好吧!她可是我的啊!普拉东诺夫!你没有她也可以很幸福!救救我,亲爱的!啊!还给我!(大哭)她可是我的啊!我的!你明白吗?

普拉东诺夫　(走向沙发)你走吧……我会自杀的……我对你说良心话!

沃依尼采夫　别……上帝保佑您!(挥一挥手,走下。)

普拉东诺夫　(抱住自己的头)噢,不幸的人,可怜的人!我的上帝!我诅咒这颗被上帝留下的脑袋!(哭)坏蛋,不要和别人打交道!我是别人的不幸,别人是我的不幸!不要和别人打交道!打啊,打啊,但怎么也打不死!处处都藏有杀手,盯着你想下手!杀吧!(捶打自己的胸膛)来杀吧,趁我自己还没有把自己杀了!(跑向房门口)不要打我的胸膛!他们把我的胸膛撕碎了!(大叫)沙萨!沙萨!看在上帝的分上!(打开门)

　　[老格拉戈列耶夫上。

十

普拉东诺夫,老格拉戈列耶夫,然后出现小格拉戈列耶夫。

老格拉戈列耶夫 (包着头,拄着手杖上)您在家,米哈依尔·瓦西里耶维奇!很高兴……我打扰您了……不过我不会耽误您很久,我马上就离开……给您提一个问题,您回答了,我就走。米哈依尔·瓦西里耶维奇,您怎么啦?您脸色苍白,走路不稳,浑身发抖……你这是怎么啦?

普拉东诺夫 我怎么了?啊?我喝醉了……我醉了……头晕了……

老格拉戈列耶夫 (旁白)我问问!清醒的人心里亮着,喝醉酒的舌头上亮着。(向他)我的问题有点奇怪,甚至可能有点愚蠢,但您一定得回答。米哈依尔·瓦西里耶维奇!这问题对于我说来是个重要的问题!就算我的问题在您看来是奇怪的、愚蠢的,甚至可能是侮辱性的,但,看在上帝分上……给我答案!我现在处在一个可怕的处境里!我们共同熟悉的那一位……您对她很了解……我认为她是个美的人……安娜·彼得洛芙娜·沃依尼采娃……(抱住普拉东诺夫)您别倒下,看在上帝的分上!

普拉东诺夫 您走开!我一直认为您是个……愚蠢的老头!

老格拉戈列耶夫　您是她的朋友，您了解她，就像了解自己的五个指头……有人向我污蔑她了，或者是……给我打开了眼睛……米哈依尔·瓦西里耶维奇，她是个诚实的女人吗？她……她……她有权做个诚实的男人的妻子吗？（停顿）我不知道该怎么归纳我的问题……请理解我，看在上帝分上！有人对我说，她……

普拉东诺夫　在这个世界上，一切都是卑鄙的、下流的、肮脏的！一切……卑鄙……下流……（失去知觉地跌倒在地上）

小格拉戈列耶夫　（上）你在这干吗？我想不到！

老格拉戈列耶夫　一切都卑鄙，肮脏，下流……一切，这说明其中也包括她……

小格拉戈列耶夫　（看着普拉东诺夫）父亲，普拉东诺夫怎么啦！

老格拉戈列耶夫　可恶的醉鬼……是啊，卑鄙，肮脏……这是深刻的、无情的、重要的真理！（停顿）咱们去巴黎！

小格拉戈列耶夫　什么？去巴黎？为什么去巴黎？（笑）

老格拉戈列耶夫　像这个人一样地倒下吧！（指指普拉东诺夫）

小格拉戈列耶夫　倒下……在巴黎倒下？

老格拉戈列耶夫　咱们到另外一个地盘去寻找幸福！够了！不要再为自己演戏了，不要再用理想来欺骗自己了！从今以后，再也没有信仰，再也没有爱情，也没有别的人！咱们走！

小格拉戈列耶夫　去巴黎！

老格拉戈列耶夫　是的……如果犯罪，那也到外国去犯，而不要在自己的国土上！趁现在还没有烂掉，重新像新人那样的生活吧！儿子，当个老师！咱们去巴黎！

小格拉戈列耶夫　这可真不错，父亲！你教会了我念书，而我要教您如何生活！咱们走！

　　　两人走下。

——幕落

第四幕

已故沃依尼采夫将军的书房,两个门。古色古香的家具,波斯地毯,花,墙壁挂满了枪支,刀剑(高加索的手工),等等。家族的照片,作家克雷洛夫、普希金和果戈理的半身塑像,摆有鸟类标本的架子。书柜,在柜子上摆着烟嘴、枪筒和其他的匣子、棍子。一张书桌。书桌上堆放着文件、照片、小塑像和武器。早晨。

一

索菲娅·叶戈洛芙娜和卡嘉上。

索菲娅 您不要激动!请说清楚一点!
卡嘉 夫人,事情不太妙!门窗都打开着,房里乱七八糟……门上的锁拧断了……事情不太妙,夫人!我们家那只母鸡像公鸡一样打鸣,这是有原因的!
索菲娅 您是怎么想的?

卡嘉 夫人，我什么也不想。我能想什么？我只知道发生了什么事……或是米哈依尔·瓦西里耶维奇已经走了，或者是已经自杀了……夫人，他是急性子！我了解他两年了……

索菲娅 不……你到村里去了吗？

卡嘉 去了……哪都没有……我在那里蹓跶了足足四个小时……

　　（坐下）怎么办？怎么办呢？（停顿）您确信他不在这里？您确信？

卡嘉 夫人，我不知道……事情不太妙……怪不得我，心里不舒服！夫人，你放弃了吧！这是罪过！（哭）老爷谢尔盖·帕甫洛维奇怪可怜的……本来是个美男子，现在成啥样子了！两天工夫就垮了，精神都失常了。好好的先生不见了……米哈依尔·瓦西里耶维奇也可怜……本来是个最快活的人，他的快活让人不得安宁，可现在他像一个死人……夫人，放弃吧！

索菲娅 放弃什么？

卡嘉 放弃爱情呗。爱情有啥用？只有耻辱，您也怪可怜的，您现在成什么样子了？瘦了，不吃，不喝，不睡，就是咳嗽……

索菲娅 卡嘉，您走吧！也许，他已经在学校。

卡嘉 马上……（停顿）您就躺下睡吧。

索菲娅 卡嘉，您走吧！您走了吗？

卡嘉 （旁白）你不是农民出身。（带着哭腔，小声地）我上哪去，夫人？

索菲娅 我要睡觉。我一夜没有合眼,别这么大声嚷嚷!离开这里!

卡嘉 遵命……您不必这么折磨自己!……您还是回自己房间去睡觉!(离去)

二

索菲娅·叶戈洛芙娜,然后出现沃依尼采夫。

索菲娅 可怕!昨天作了保证,说好十点钟到小房子来,但他没有来……我等他到天亮……这还是保证!这是爱情,这是我们的私奔!……他不爱我!

沃依尼采夫 (上)我要睡觉……可能,我怎么也能睡一会……(见到索菲娅)您……在我这里?在我的书房?

索菲娅 我在这里?(环视)是的……我突然间来到这里,连自己也没有想到……(走向门口)

沃依尼采夫 等一等!

索菲娅 (站住)怎么了?

沃依尼采夫 请给我两分钟的时间……你可以在这里耽搁两三分钟吗?

索菲娅 您说吧!您想说什么?

沃依尼采夫 是的……(停顿)我们在这房里不感到彼此陌生的时间已经过去了……

索菲娅 过去了。

沃依尼采夫 原谅我说了多余的话,你要离开这?

索菲娅 是的。

沃依尼采夫 噢……很快?

索菲娅 今天。

沃依尼采夫 和他一起走?

索菲娅 是的。

沃依尼采夫 祝你们幸福!(停顿)制造幸福的好材料!膨胀起来的肉欲和别人的不幸……别人的不幸常常能成为另一个什么人的幸福!再见,这是老话……新的谎言比老的真话更吸引人……上帝保佑你们!好自为之!

索菲娅 您说些什么。

沃依尼采夫 我难道没有说?嗷……我想说什么……我希望我在你面前完全是清白的,不欠您什么,所以我请您原谅我昨天的行为……我昨天晚上对您说了过激的话,很粗鲁……请你原谅……你原谅吗?

索菲娅 我原谅。(想走)

沃依尼采夫 您等一下,我还没有说完!我还要说点什么。(叹息)索菲娅,我疯了!我承受不了这个可怕的打击……我疯了,但暂时我还全都明白……在我的头脑里,在一片迷雾之中,在一团灰色的、沉重的乱麻之中,还存在着一小块光明的天地,我靠着它能理解一切……要是这一小块光明的天地也离开了我,那么……我就彻底完蛋……我什么都明白……（停顿）我现在是站在我的书房里，这间房里曾生活过我的父亲，沃依尼采夫少将阁下，乔治十字勋章获得者，一个光荣而卓越的人！人们在他身上看到的仅仅是污点……见到他怎么打人，但别人是怎么打他的，谁也不想看到……（指着索菲娅）这是我的前任妻子……

［索菲娅想走。

沃依尼采夫 等一等！让我说完！我说得很愚蠢，但请您听好！这是最后一次呀！

索菲娅 您已经把什么都说了……您还能讲什么？需要分手了……还需要说些什么？我知道我应该怎么看待自己……

沃依尼采夫 我能说什么？噢噢，索菲娅，索菲娅！你什么也不知道！什么也不知道，否则你不会这么傲慢地看着我！在我心灵里发生的，简直是可怕！（在她面前跪下）索菲娅，你干了什么？你要把你自己和我推到哪里去？看在上帝分上，发发善心吧！我要死了，我要发疯！跟我留下吧！我能把一切都忘掉，已经对一切都原谅了……我要做你的奴仆，我要爱你……我要把你爱得比以往更厉害！我要给你幸福！你在我身边会像天使一样幸福！他不会给你幸福的！你会把自己毁了，也把他毁了！索菲娅，你在毁普拉东诺夫！……我知道强扭的瓜不甜，但你还是留下来吧！你会重新快乐的，你不会这么面色苍白，这么不幸！我会重新成为一个人，他……

普拉东诺夫会常来我们这里做客！这是乌托邦的幻想，但……你还是留下来吧！把过去找回来，趁现在还不晚！普拉东诺夫会答应的……我了解他……他不爱你，而是这样……你给了他，他就要了……（站起）你在哭？

索菲娅 （站起）您别把这眼泪记在自己的账上！可能，普拉东诺夫会同意……让他同意好了！（强烈地）你们都是卑鄙的人！普拉东诺夫在哪？

沃依尼采夫 我不知道他在哪。

索菲娅 别纠缠我！我憎恨您！滚开！普拉东诺夫在哪？卑鄙的人……他在哪？我憎恨您！

沃依尼采夫 为什么？

索菲娅 他在哪？

沃依尼采夫 我给了他钱，他答应我离开这里，如果他履行了自己的承诺，那么他已经走了。

索菲娅 您收买了他？您撒什么谎？

沃依尼采夫 我给了他一千卢布，他拒绝了您。不，我在说谎！这都是我在说谎！您别相信我，看在上帝的分上！这个可恶的普拉东诺夫还在这里活着！您去把他找来，去和他接吻！……我没有收买他！你难道……他难道会幸福？而这是我的妻子，我的索菲娅……这都意味着什么？而在这之前我甚至不相信！您跟他是柏拉图式的爱？还没有发展到……玩真的？

索菲娅 我是他的妻子，情妇，您还要什么！（想走）干吗拉住我？我没有时间听这些乱七八糟的……

沃依尼采夫　等一等，索菲娅！你是他的情妇？何苦这样？你说得这么勇敢。（拉住她的手）你能够这样？你能够这样？

索菲娅　别拉住我！（下）

三

沃依尼采夫和安娜·彼得洛芙娜。

安娜·彼得洛芙娜进门，眼睛看着窗外。

沃依尼采夫　（挥手）完了！（停顿）那里发生了什么？

安娜　农民把奥辛普打死了。

沃依尼采夫　已经死了？

安娜　是的……在那个井口边……你看到了吗？就在那边！

沃依尼采夫　（看窗外）怎么的？他活该。（停顿）

安娜　儿子，你听到新闻了吗？听说普拉东诺夫失踪了……你读到信了吗？

沃依尼采夫　读到了。

安娜　咱们的庄园完了！你高兴吗？漂走了……上帝给的，上帝又拿走了……这就是吹嘘得很厉害的商业魔术！而这全因为我们相信了格拉戈列耶夫……他原来答应要买下庄园的，但他没有在拍卖会上露面……他的仆人说他到巴黎去了……这混蛋，老了还开这玩笑！要不是他，我们可以慢慢把利息给付了，就太太平平地在这过日子……（叹息）在这个世界上，不能相信敌人，连同朋友也不能相信！

沃依尼采夫 是的，不应该相信朋友！

安娜 哦，庄园主，你该怎么办？你上哪去！上帝把庄园给了你的祖宗，又从你的手里夺走了……你现在一无所有……

沃依尼采夫 我反正一样……

安娜 不是反正一样。你吃什么？我们坐下……（两人坐下）你这么情绪低落……怎么办？和这个庄园分手太可惜了，但又有什么办法呢，我亲爱的？无法挽回……这，命该如此……做个聪明人，谢尔盖！首要的是保持冷静。

沃依尼采夫 妈妈，您不要在我身上费心！人家是怎么议论我的！您自己也不得安宁……您先安慰自己，然后再来安慰我。

安娜 哦……别说女人的事……女人总是不重要的……首要的是冷静！你失去了原来拥有的，但重要的不是过去，而是未来，你整个的生活已在前边，美好的劳动生活！你为什么要悲伤？到学校去，开始工作……你是好样的。文学爱好者，性格很好，不干坏事，有思想，文静，已婚……如果你愿意，你会大有前途的！你是个聪明的孩子！但不要和妻子吵架……谢尔盖,你为什么不对我说话?你心里有病,你不说话……你们之间发生着什么?

沃依尼采夫 不是发生着什么,而是已经发生完了。

安娜 什么呢?可能是秘密?

沃依尼采夫 (叹息)妈妈,可怕的不幸笼罩在我们的家里!我为什么到现在还没有告诉您?我不知道,还寄以希望,而且也羞于启齿……我自己也是昨天才知道……而庄园我不在乎!

安娜 (笑)你把我吓了一跳!她是生气了?

沃依尼采夫 您还笑!等等您就笑不出来了!(停顿)她背叛了我……我荣幸地作自我介绍,我是戴绿帽子的丈夫!

安娜 说什么蠢话,谢尔盖!这是多么愚蠢的想象!说这种可怕的事情,说之前也不想想!你真是个怪人!你有时说些瞎话真是不堪入耳!戴绿帽子的丈夫……说明你根本不知道这个词的含义……

沃依尼采夫 我知道,妈妈!不是理论上,而是实际上已经知道了!

安娜 不要污蔑自己的妻子,怪人!

沃依尼采夫 我起誓!(停顿)

安娜 奇怪……你在说些不可能发生的事情。你胡说八道!不可能!在这里,在沃依尼采夫庄园?

沃依尼采夫 是的,在这里,在您的可恶的沃依尼采夫庄园!

安娜 嗯……在这里,在这个可恶的沃依尼采夫庄园,谁能想到在你的贵族的脑袋上戴了个绿帽子？谁也不可能！难道是小格拉戈列耶夫？不会，格拉戈列耶夫已经不来我们这里做客……这里谁也配不上索菲娅，亲爱的，你吃醋吃得很愚蠢！

沃依尼采夫　普拉东诺夫！

安娜　普拉东诺夫怎么啦？

沃依尼采夫　是他。

安娜　（跳起）可以说蠢话，但像你刚刚说出来的蠢话……简直是胡说八道！！需要知道点分寸！不可饶恕的愚蠢！

沃依尼采夫　如果您不相信，您去问问她，您去问问她本人！我自己也不愿意相信，但她今天就要走，离开我！需要相信！他和她一起走！您现在难道还没有发现，我现在像一只死猫似的生存在这个世界上！我要完蛋了！

安娜　这不可能，谢尔盖！这是你孩子般的想象的结果！相信我！什么也没有发生！

沃依尼采夫　相信我，她今天要离开这里！相信我，在最近的两天她不停地对我说，她是他的情妇！她自己说的！发生了不可相信，但又不得不相信的事情！这超出我们的愿望，我们也无力回天！

安娜　我想起来了，我想起来了……现在我全都想起来了……给我把椅子，谢尔盖！不，不需要……原来是这样！嗯……等等，等等，让我好好回想一下。（停顿）

［布格罗夫上。

四

安娜·彼得洛芙娜,沃依尼采夫和布格罗夫。

布格罗夫 （上）你们好！星期天好！你们都很好！

安娜 是的,是的……这真可怕……

布格罗夫 下着雨,但挺热……（擦额头）唔……吵嘴了,不耐烦了……还好吗？（停顿）我到你们这里来是因为昨天开了个拍卖会,这你们也知道了……而这桩事儿,你们也多少知道。（笑）对于你们,当然是有触动的,感到受了委屈的,但我……你们不要生我的气！不是我买了你们的庄园！是阿勃拉姆·阿勃拉莫维奇买下的,他用了我的名字……

沃依尼采夫 （使劲摇铃）这都见鬼去吧……

布格罗夫 是的……你们别这么想……不是我……只是用了我的名字！（坐下）

　　［雅可夫上。

沃依尼采夫 （向雅可夫）我对你这个坏家伙吩咐过多少次了,（咳嗽）不报上名不能放任何人进来！得狠狠揍你们这些畜生！（把铃铛扔在桌子上）滚开！坏蛋！……（阳台上踱步）

　　［雅可夫耸耸肩,走了。

布格罗夫 （咳嗽）只是用了我的名字……阿勃拉姆·阿勃拉莫维奇让我转告，你们还是可以放心住下去，哪怕是住到圣诞节……当然还是会有些变动，但这不会妨碍你们……如果出现什么情况，你们可以搬到厢房里去……房间很多，也很暖和……他还让我问问，你们还愿不愿意把矿山卖给我，当然是用我的名字。你们的煤矿，安娜·彼得洛芙娜……你们现在愿意出售吗？我们可以给个好价钱……

安娜 不……我们不把矿山卖给任何人！你们给我什么？几个小钱？让这几个小钱把你们卡死！

布格罗夫 阿勃拉姆·阿勃拉莫维奇还让我转告，如果您安娜·彼得洛芙娜，不准备把自己的矿山作为扣除谢尔盖和已故巴维尔·伊凡诺维奇的债务的方式卖给他，他就开拒付期票的证明……我也开这个拒付的证明……嘿，嘿……您也知道，友谊归友谊，但钱是另外一码事……商业！这是个难办的事。我从彼特林那儿买了你的期票……

沃依尼采夫 我不允许任何人打我继母的庄园的主意！是她的庄园，不是我的！……

布格罗夫 可能，他们舍不得了！

沃依尼采夫 我没有工夫和您说话！……哎……（挥手）您想怎么干就怎么干吧！

安娜 季莫菲·戈尔杰耶维奇！请原谅……请原谅……请您走吧！

布格罗夫 好的……（站起）你们也别太不安，可以在

这里住到圣诞节。明天或者后天我还会来的，祝你们健康！（走开）

安娜 明天我们从这里走开！是的，现在想起来了……普拉东诺夫……这就是他要逃跑的理由！

沃依尼采夫 让他们想怎么干就怎么干吧！让他们把所有都夺走吧！我已经没有妻子了，我什么也不需要了！妈妈，我没有妻子了！

安娜 是啊，你再也没有妻子了……他在这个萎靡不振的索菲娅身上找到了什么？他在这个姑娘身上找到了什么？他能在她身上找到什么？这些愚蠢的男子多没有眼力，他们能被任何女人吸引……你这个丈夫，是怎么搞的，你的眼睛在哪？爱哭鼻子的孩子！直到从他的鼻子底下揪出妻子才开始诉苦！这也叫男人！你是个孩子！让你们这些傻孩子结婚像是开玩笑！无论是你，还是普拉东诺夫，都是不中用的人！都是不可救药的！

沃依尼采夫 现在什么也帮不了啦，你来也帮不了忙。她已经不是我的，他也不是您的，这还有什么好说的？妈妈，别说了！不要数落我的不是了！

安娜 那怎么办？总得做点什么吧！需要救助！

沃依尼采夫 救助谁？只有我一个人需要救助……他们目前还都幸福。（叹息）

安娜 你这是什么逻辑！不是你，而是他们需要救助！普拉东诺夫不爱她！你知道这个吗？他诱惑了她，就像你当年诱惑了那个愚蠢的法国女人！他不爱她！

你相信我！她对你说什么了？你怎么不说话？

沃依尼采夫 他对我说，她是他的情妇。

安娜 她是他的傻姑娘！而不是情妇！住嘴！也许，事情还可以挽回……普拉东诺夫能够仅仅因为一个接吻或者一次握手就虚张声势……他们还没有到那一步！我坚信这一点……

沃依尼采夫 到那一步了？

安娜 你什么也不明白。

　　〔格列科娃上。

五

沃依尼采夫，安娜·彼得洛芙娜，格列科娃。

格列科娃 （上）你们在这里！你们好！（把手伸给安娜·彼得洛芙娜）您好，谢尔盖·帕甫洛维奇！请原谅，我好像妨碍了你们……不速之客坏过……坏过……这句话怎么说的？坏过鞑靼佬，对了……但我来这儿只耽一会……你们简直不能想象！（笑）安娜·彼得洛芙娜，我现在就给您看样东西……对不起，谢尔盖·帕甫洛维奇,我们要说点悄悄话……（把安娜·彼得洛芙娜引到一边）您读吧……（给她一张纸）这是我昨天收到的……您读吧！

安娜 （眼睛溜了一下纸片）啊……

格列科娃 您知道吗,我告到法院去了……(把头靠着她的胸膛)安娜·彼得洛芙娜,您差人去把他叫来!让他来!

安娜 您这是要干什么?

格列科娃 我要看看他现在是一副什么嘴脸……他面孔上会有什么表现?去差人把他叫来!我求您了!我想对他说两句话……您不知道我干了什么!我干了什么!谢尔盖·帕甫洛维奇,您别听!(轻声)我去找了校长……根据我的要求他们把米哈依尔·瓦西里耶维奇调到另一个地方去……我干什么啦!(哭)去把他叫来!……谁知道他会写这封信?!啊嘿,如果我能早知道!我的上帝……我痛苦!

安娜 我亲爱的,您先到图书室去!我等一会去找您,我们再好好聊聊……

格列科娃 到图书室?好的……那您差人去把他叫来吗?有了这封信之后,他现在是一副什么嘴脸?您读完了?我把它藏起来!(藏好信)我亲爱的……我求您了!我先去……但您要派人把他叫来!谢尔盖·帕甫洛维奇,您别听!安娜·彼得洛芙娜,咱们让谁去?我亲爱的,派人去请他!

安娜 好的……您走吧!

格列科娃 好的……(迅速吻她)我亲爱的,您别生我的气!我……我很痛苦!我无法想象!谢尔盖·帕甫洛维奇,我走了!你们继续你们的谈话吧!(下)

安娜 我现在什么都明白了……你别激动!可能,你的家庭还能拯救……可怕的故事！谁能想到？！我现在和索菲娅谈谈！我要好好问她……你错了，还犯傻……不，（用手遮脸）不，不……

沃依尼采夫 不！我没有错！

安娜 但我还是要跟她谈谈……我也要去跟他谈谈……

沃依尼采夫 您去谈好了！不过没有什么用！（坐在桌子后）咱们离开这里吧！没有希望！能够抓住的稻草也没有……

安娜 我现在把一切都弄明白了……而你坐着哭鼻子！去睡吧，男人！索菲娅在哪？

沃依尼采夫 大概在自己的房里……

［安娜·彼得洛芙娜走下。

六

沃依尼采夫，然后出现普拉东诺夫。

沃依尼采夫 巨大的痛苦！这要拖几天？明天，后天，一个星期，一月，一年……痛苦没有尽头！需要开枪自杀。

普拉东诺夫 （手缠着绷带上）他坐着……在哭……大概……（停顿）心平气和一点，我的可怜的朋友！（走向沃依尼采夫）看在上帝分上，听我说！我不是来为自己辩护的……不是由我，也不是由你来评判我……我来这里不是为自己，而是为了……兄弟般地请求你……仇恨我、蔑视我好了，你愿意怎么想我就怎么想我，但不要……自杀！我不是说手枪，而是……一般地说……你身体虚弱……痛苦会把你击倒……我不想再活！……我把自己杀了，而不是你把自己杀了！你希望我死吗？你希望我不再活在这世上？（停顿）

沃依尼采夫　我什么也不想。

　　[安娜·彼得洛芙娜上。

七

沃依尼采夫，普拉东诺夫和安娜·彼得洛芙娜。

安娜　他在这里?!（慢慢地走近普拉东诺夫）普拉东诺夫，这是真的?

普拉东诺夫　真的。

安娜　他还敢……还敢这么冷静地说！真的……卑鄙的人……您知道这很卑鄙吗？

普拉东诺夫　您不能说得更客气一点吗？我什么也不知道！从这件事里我只知道一点，那就是我从来没有希望给他带来他现在所承受的痛苦的千分之一！

安娜　除此之外，朋友，您应该知道朋友妻不可欺的道理！（大声）您不爱她！您是感到无聊了！

沃依尼采夫 妈妈,问问他,他干吗到这里来?

安娜 卑鄙!玩耍别人是卑鄙的!他们像您一样是活生生的人,聪明的人!

沃依尼采夫 (跳起)到这里来了!大胆妄为!您为什么到这里来?我知道您为什么要来,但您不要用您那一番大话来让我们吃惊!

普拉东诺夫 "我们"是指谁?

沃依尼采夫 我现在已经知道这些大话的价值!您别来打扰我!如果您来是想用您的夸夸其谈来赎您的罪过,那么请您明白,花言巧语是洗刷不了罪过的!

普拉东诺夫 就像花言巧语不能洗刷罪过一样,大喊大叫和怒气冲天也不能证明罪过,但我大概已经说过了,我要自杀。

沃依尼采夫 不要这样洗刷自己的罪过!不用言辞,现在我不相信言辞!我憎恶您的言辞!您看看俄国人是如何洗刷自己的罪过的!(指指窗外)

普拉东诺夫 那边有什么?

沃依尼采夫 井边就躺着一个洗刷自己罪过的人!

普拉东诺夫 看到了……谢尔盖·帕甫洛维奇,那您为什么这样高谈阔论?要知道,您现在大概是很痛苦……您整个都在痛苦之中,但与此同时您又尽情表现?这是怎么造成的?是由于不真诚,还是……由于愚蠢?

沃依尼采夫 (坐下)妈妈,您问问他,他为什么要来这里?

安娜 普拉东诺夫,您想在这里得到什么?

普拉东诺夫 您自己可以问,为什么要麻烦妈妈?什么都完了!妻子走了,全都完了,什么也没有了!索菲娅,美丽得像五月的蓝天,是遮住了其他一切理想的理想!没有女人的男人,就像没有蒸汽的机器!生活完蛋了,蒸汽散尽了!全都完蛋了!包括荣誉、人的尊严、贵族气质,全都完了,末日到了!

沃依尼采夫 我不听,您让我安静一下!

普拉东诺夫 那当然,沃依尼采夫,别侮辱我!我到这里来不是让人侮辱我!你的不幸也没有给你糟蹋我的权利!我是个人,你要像对待人那样地对待我。你很不幸,但你的不幸与你走后给我带来的不幸相比,简直不值一提!沃依尼采夫,你走后的那个夜晚是个可怕的夜晚!我向你们起誓,两位慈善家,你们的不幸不及我的一丁点痛苦!

安娜 这很可能,但谁对您的那个夜晚,您的痛苦感兴趣?

普拉东诺夫 您也不感兴趣?

安娜 请您相信,我们不感兴趣!

普拉东诺夫 是吗?安娜·彼得洛芙娜,不要撒谎!(叹气)可能,您也有道理……可能……但在哪里可以找到人?到谁那里去?(用手遮脸)人在哪里?他们不理解!谁能理解?愚蠢、残酷、无情无义……

沃依尼采夫 不,我理解!我理解!先生,我过去的朋友,这种假装出来的可怜相与您不配!我理解您!

您是个狡猾的坏蛋！这就是您！

普拉东诺夫　傻瓜，我原谅你这句话！爱惜自己，别再说了！（向安娜·彼得洛芙娜）受刺激的女人，您在这里耽着干什么？好奇？这里与您无关！这里不需要证人！

安娜　这里也没有您的事！您可以……滚开！厚颜无耻！干了坏事，毁了人家，然后又来诉说自己的痛苦！外交官！不过……请原谅我！如果您不再想听我说什么，您可以走！多谢了！

沃依尼采夫　（跳起）他需要我什么，我不明白！你要什么？你等我什么？我不明白？

普拉东诺夫　我看出来，您是不明白……有苦不去找人而是到小酒店去的人是对的！（走向门口）很遗憾我和你们说了话，我感到了屈辱……我错误地把你们当作正派人……而你们是……野蛮人，不开化的粗人……（忽然关门，离去）

安娜　（搓手）多么可恶……你赶紧把他叫住，对他说……对他说……

沃依尼采夫　对他说什么？

安娜　你知道说些什么……谢尔盖，你快跑！我求你了！他是带着很好的感情来的，你应该理解他，而你却对他这么残酷，快跑，我亲爱的！

沃依尼采夫　我不行！饶了我吧！

安娜　但要知道不是他一个人有错！谢尔盖，都有错！谁都有冲动，但谁也没有力量……快跑！去对他说些和解的话！你去向他显示，你是个人！看在上帝分上……怎么的！哦！快跑！

沃依尼采夫　我要发疯了……

安娜　你发疯好了，你别侮辱人！啊嘿……你跑呵，看在上帝分上！（哭）谢尔盖！

沃依尼采夫　妈妈，别折腾我！

安娜　我自己去……我为什么自己不跑去？我自己……

普拉东诺夫　（上）啊嘿！（坐在沙发上）

　　　［沃依尼采夫站起。

安娜　（旁白）他怎么啦？（停顿）

普拉东诺夫　手痛……我饿，像一只饿坏了的狗……我冷……发烧……我痛！你们要明白，我痛！我的生活完蛋了！你们需要我什么？你们还需要什么？这个可恶的夜晚你们还嫌不够。

沃依尼采夫　（走向普拉东诺夫）米哈依尔·瓦西里耶维奇，我们互相原谅吧……我……但您应该理解我的处境……我们友好地分手吧……（停顿）我原谅了……真的，我原谅了！如果我能忘记这一切，我将特别幸福！我们互不干扰吧！

普拉东诺夫　是的。（停顿）不，散架了……机器坏了。非常想睡觉，眼睛睁不开了，但怎么也睡不着……我妥协了，我请求原谅，我错了，我沉默了……你们按你们知道的去做，你们按你们知道的去想……

　　　［沃依尼采夫从普拉东诺夫身边走开，坐到桌子旁。

普拉东诺夫 我不从这里走开，哪怕你们把房子烧了！谁对我的存在感到不快，他可以从这个房里走开……（想躺下）给我点什么热的东西……没有吃饭，躲起来了……我不回家去……外边下雨……我就在这里睡。

安娜 （走向普拉东诺夫）米哈依尔·瓦西里耶维奇，回家去！我派人把您需要的东西送去。（摇动他的肩膀）走吧！回家去！

普拉东诺夫 谁对我的存在感到不快，他可以从这个房间里出去……给点水我喝！我想喝水。

〔安娜·彼得洛芙娜递给他长颈瓶。

普拉东诺夫 （从长颈瓶里喝水）我病了……完全病了，可爱的女人！

安娜 回家去！……（把手搁在他的额头上）头很烫……回家去吧。我派特里列茨基看您去。

普拉东诺夫 （轻声）情况不好，阁下！不好……不好……

安娜 与我有什么关系？回去！我请求您回去！您无论如何得回家去！您听到了吗？

〔索菲娅·叶戈洛芙娜上。

八

上一场人物和索菲娅。

索菲娅 （上）劳驾把您的钱拿回去！这叫什么宽宏大量？……我大概已经对您说过了……（看到普拉东诺夫）您……在这里？您为什么到这里来？（停顿）奇怪……您在这里干什么？

普拉东诺夫 我？

索菲娅 是的，您！

安娜 谢尔盖，咱们出去！

〔出去，过了几秒钟又蹑手蹑脚地回来，坐在角落里。

普拉东诺夫 一切都结束了，索菲娅！

索菲娅 这是说？

普拉东诺夫 是，这是说……我们以后再谈吧。

索菲娅 米哈依尔·瓦西里耶维奇！这"一切"是什么意思？

普拉东诺夫 我什么都不需要了，无论是爱还是恨，我只需要您给我安静！我请求……甚至不想再说……发生的事已经够我受的了……

索菲娅 他在说什么？

普拉东诺夫 我说已经够了。我不需要新的生活。旧的生活还不知道该怎安排……我什么也不需要了！

索菲娅 （耸肩）我不明白……

普拉东诺夫 您不明白？纽结打开了，就是这样！

索菲娅 您不想去了？

普拉东诺夫 不需要脸色发白，索菲娅……应该是，叶戈洛芙娜！

索菲娅　您要耍无赖？

普拉东诺夫　很显然……

索菲娅　您是无赖！（哭）

普拉东诺夫　我知道……听过一百次了……以后再谈吧……没有见证人。

〔索菲娅痛哭。

普拉东诺夫　您还是回自己房里去吧！在不幸中最多余的是眼泪……该发生的发生了……在自然界有法则，而在我们的生活中有逻辑……按照逻辑便发生了……（停顿）

索菲娅　（哭）与我有什么关系？与我的生活有什么关系？这个生活被您夺去了，您精疲力竭了？这与我有什么关系？您不再爱我了？

普拉东诺夫　想点什么办法来宽慰宽慰自己吧……哪怕是想到，比如，这件丢脸的事可以作为您的未来生活的教训？

索菲娅　不是教训，而是毁灭！您还敢说这个？卑鄙！

普拉东诺夫　为什么哭？这一切都让我……反感！（大声喊叫）我病了！

索菲娅　他发过誓，他请求来着，他首先主动的，而现在到这里来了！我让您反感了？您只需要我两个星期？我憎恨您！我不想见到他！滚！（哭得更厉害）

安娜　普拉东诺夫！

普拉东诺夫　啊？

安娜　您走吧!

[普拉东诺夫站起,慢慢地向房门走去。

索菲娅　等一等……别走!您……真的?您,可能,不太清楚……您坐下,再想想!(抓住他的肩膀)

普拉东诺夫　我已经坐过了,也想过了。您不要管我,索菲娅·叶戈洛芙娜!我不是您的人!我早就已经腐烂,我的灵魂早就变成了一副骨头架子,已经再也没有可能把我复活!把我埋葬得远一点,不要让它污染了空气!最后一次相信我吧!

索菲娅　(搓手)我能做点什么呢?我该怎么办?您想想!我要死了!我忍受不了这个卑鄙!我活不过五分钟了!您是怎么对待我的?(歇斯底里)

沃依尼采夫　(走向索菲娅)索菲娅!

安娜　上帝知道这是怎么回事!索菲娅,你安静一下!谢尔盖,拿水来!

沃依尼采夫　索菲娅!别把自己毁了……别这样!(向普拉东诺夫)米哈依尔·瓦西里耶维奇,您还在这里等什么?看在上帝分上,您走吧!

安娜　索菲娅,别这样!够了!

普拉东诺夫　(走近索菲娅)哦,怎么啦?唉……(迅速走开)愚蠢!

索菲娅　离我远一点!所有的人!我不需要你们的帮助!(向安娜·彼得洛芙娜)您走开!我恨您!我知道我这一切都是因为谁!您要得报应的!

安娜　嘘……不要说粗话。

索菲娅 如果您不给他施加您的荒唐的影响,他不会伤害我的!(哭)走开!(向沃依尼采夫)您……您也给我走开!

[沃依尼采夫走开,坐到桌子旁,把头置于两手之上。

安娜 (向普拉东诺夫)对您说了,您快从这里出去吧!今天您是个奇怪的白痴!您还需要什么?

普拉东诺夫 (戳耳朵)我上哪里?我被冻僵了……(走向门口)让魔鬼早点把我捉了走吧……

[特里列茨基上。

九

上一场的人物和特里列茨基。

特里列茨基 (在门口)我要给你点厉害看看,你连自己人也认不出!

[雅可夫的声音:"老爷这么吩咐的……"

特里列茨基 你去跟你的老爷接吻吧!他也是你这样的笨蛋!(进屋)难道这里也没有他?(倒在沙发上)真可怕!……这……这……这……(跳起)唷!(向普拉东诺夫)悲剧演员,悲剧快演完了!快演完了!

普拉东诺夫 你要什么?

特里列茨基 你在这里逍遥?不幸的人,你在哪里闲逛?

你怎么不感到羞耻，不感到罪过？还在这里高谈阔论？你在传道吧？

普拉东诺夫 尼古拉，说点人话吧！你怎么啦？

特里列茨基 这是野蛮！（坐下，用手掩脸）不幸，多么不幸！谁能想到？

普拉东诺夫 发生什么事了？

特里列茨基 发生什么事了？你还不知道？这与你无关？你没有时间？

安娜 尼古拉·伊凡诺维奇！

普拉东诺夫 是沙萨吗？尼古拉，快说！这还不够！她怎么啦！

特里列茨基 服火柴头自杀了。

普拉东诺夫 你说什么？

特里列茨基 （大叫）服火柴头自杀了！（跳起）给你，你读吧！读吧！（把一张纸条放到他眼前）读吧，哲学家！

普拉东诺夫 （读）"自杀者是不该被人悼念的，但你们悼念我吧。我是在痛苦中结束自己的生命的。米沙，爱柯里亚和我的兄弟吧，就像我爱你一样，别抛弃父亲，按法则生活，柯里亚，上帝保佑你，我用母爱祝福你，原谅有罪过的女人，米沙的五斗柜的钥匙放在绸裙里……"我的金子！有罪过的女人！她是有罪过的女人！这还不够！（抓住自己头发）她服毒自杀了……（停顿）沙萨服毒自杀了……但在哪？听我说！我要去找她！（撤掉手上的绷带）我……我要把她复活!

特里列茨基 （脸朝下地躺在沙发上）在复活她之前,就不该把她害死!

普拉东诺夫 害死……你为什么说这个字眼? 难道是我害死了她? 难道……难道我希望她死?（哭）服毒自杀……这还不够,为了拿车轮子从我身上碾过去,像碾一条狗那样! 如果这是惩罚,那么……（挥拳）这是残酷的,不道德的惩罚! 不,这已经超出我的忍受力! 超出了! 为了什么? 好了,我有罪,卑鄙……但我毕竟还活着!（停顿）现在大家看着我! 看着我! 喜欢吗?

特里列茨基 （跳起）是的,是的,是的……现在我们都来哭……而且,眼睛就是潮湿的……得好好揍你一顿! 快戴上帽子! 咱们走! 丈夫! 好丈夫! 随随便便地把女人害了! 弄到什么地步了! 而这些人把他留在这里! 他们爱他! 一个与众不同的人,一个有趣的人,脸上带着高兴的忧伤! 带着过去残留的美貌! 咱们走吧! 你去看看你干了什么,你这个有趣的与众不同的人!

普拉东诺夫 别说话……别说话……不需要言辞!

特里列茨基 你这个残酷的人,不幸的是我今天一早就回了一趟家,如果我不及时发现,该发生什么? 她就死了! 你明白这个还是不明白? 除了最普通的事物外,你通常全都明白! 唷,我那时要把你收拾了就好了! 我就看不到你这副可怜的嘴脸了! 如果你少说点罪孽的话，多听听别人说话，就不会有这个不幸！我要是她，就绝不会要像你这样的聪明人！咱们走！

沃依尼采夫　您别嚷嚷！啊嘿……烦死了……

特里列茨基　咱们走！

普拉东诺夫　等等……你说，她……没有死？

特里列茨基　你希望她死？

普拉东诺夫　（叫喊）她没有死！我怎么也不明白……她没有死？（拥抱特里列茨基）活着！（笑）活着！

安娜　我不明白！……特里列茨基，您说得明白一点，今天所有的人都很愚蠢！这封信意味着什么？

特里列茨基　她写了这封信……如果不是我，她就死定了……而现在她病得很重！我不知道，她的器官是否经受得住……哦，让她死了算了……你离我远一点，求求你了！

普拉东诺夫　你把我吓坏了！我的上帝！她现在还活着！这么说，你阻止了她的死亡？我亲爱的！（吻特里列茨基）亲爱的！（笑）过去我不相信医学，但现在我连你都相信！她现在怎么样？很虚弱？有病？但我们能让她好起来！

特里列茨基　她还能挺得住！

普拉东诺夫　挺得住！她挺不住，我能挺得住！你为什么一开始不说她还活着？安娜·彼得洛芙娜！亲爱的女人！来杯冷水，我很幸福！先生们，原谅我！安娜·彼得洛芙娜！……我要疯了！……（吻安娜·彼得洛芙娜的手）沙萨活着……来，水，水……我亲爱的！

[安娜·彼得洛芙娜拿着空的长颈瓶出去，几秒钟后带着水回来。

普拉东诺夫 （向特里列茨基）我们去看她！让她站起来，站起来！从古希腊名医希波克拉底到特里列茨基，整个医学都翻了个底朝天！全给翻转过来了！难道不正是像她这样的人应该活在这个世界上？咱们走！但，不……等一等，头晕了……我病得很厉害……等一等……（坐在沙发上）休息一下咱们再走……她很虚弱？

特里列茨基 很虚弱……他高兴了！他为什么高兴，我不知道！

安娜 我也害怕了，话得说清楚一点！喝吧！（给普拉东诺夫水）

普拉东诺夫 （贪婪地喝水）谢谢，善良的女人！我是坏蛋，不一般的坏蛋！（向特里列茨基）坐在我旁边！（特里列茨基坐下）你也受苦了……朋友，谢谢你，她拿了很多火柴头？

特里列茨基 足够她到另一个世界去的。

普拉东诺夫 唷，感谢上帝，手痛……再给我喝点。尼古拉，我自己也病得不轻！脑袋勉强立在肩膀上……弄不好就垮了……我大概是得了热病。身穿军大衣头戴尖帽子的士兵们在我的眼前晃动……周围都是黄的和绿的颜色……给我来点硫磺吧……

特里列茨基　给你来点白酒吧!

普拉东诺夫　(笑)说笑话,说笑话……我有时觉得你的笑话挺好笑,你是我的妻弟还是我的妻兄?我的上帝,我真是病了!你难以想象我病得多么厉害!

　　　　[特里列茨基给他号脉。

安娜　(轻声对特里列茨基)您把他带走,尼古拉·伊凡诺维奇!我今天会到你们那里去的,我要跟阿历克山德拉·伊凡诺芙娜好好谈谈。她怎么会想这么来惊吓我们?不危险?

特里列茨基　暂时还不好说什么,服毒自杀未遂,但总还是……灾难!

普拉东诺夫　你给她吃什么药了?

特里列茨基　给了该给她的。(站起)咱们走?

普拉东诺夫　你给了将军夫人什么?

特里列茨基　你瞎说……咱们走!

普拉东诺夫　咱们走……(站起)谢尔盖·帕甫洛维奇!算了!(坐下)难过个什么?像是有人从地球上偷走了太阳!你还算是曾经学过哲学的呢!当个苏格拉底吧!啊?谢尔盖·帕甫洛维奇!(轻声)但是,我自己也不知道我在说什么……

特里列茨基　(把手放在他头上)你就病着吧!为了洗刷你良心上的污点,你不妨生生病!

安娜　普拉东诺夫,您走吧!差人到城里去请别的医生……不妨会诊一下……我自己也会差人去请的,您不要担心……好好宽慰宽慰阿历克山德拉·伊凡诺芙娜!

普拉东诺夫 安娜·彼得洛芙娜,您胸脯上爬着一架小钢琴!可笑!(笑)可笑!坐下,尼古拉,弹个什么曲子!……(笑)可笑!我病了,尼古拉……我严肃地说……不开玩笑……咱们走!

[伊凡·伊凡诺维奇上。

十

上一场的人物和伊凡·伊凡诺维奇。

伊凡 (披头散发,穿着睡袍)我的沙萨!(哭)

特里列茨基 这还不够瞧的,你还要哭!走开!你跑来干什么?

伊凡 她要死了!她想忏悔!我怕,我怕……啊嘿,我真害怕!(走近普拉东诺夫)米沙!我求求你!亲爱的,聪明的,正直的好人!你去对她说你爱她!丢开你的那些肮脏的浪漫史吧!我跪下来求求你了!她要死了!我就她这样一个女儿……一个!她要死了……我也要完蛋了!没有悔悟地死去!你去告诉她说你爱她,你把她当作自己的妻子!为了上帝你要安慰安慰她!米沙!谎话有时也能解救人……上帝会看到你是对的,行行好了!看在上帝分上,你给我这个老头一点施舍!上帝会百倍地报答你的!

我全身发抖,因为恐慌而发抖!

普拉东诺夫 这位退休上校喝醉了?(笑)我们把沙萨治活了,完了我们一起喝酒!啊嘿,我多想喝酒!

伊凡 咱们走,好心的人……正直的人!你只要对她说两句话,她就得救了!当精神上出了毛病,医药是拯救不了的!

特里列茨基 爸爸,过来一下!(拉住父亲的衣袖往外走)谁告诉你她要死了?你怎么想出来的?完全不可怕!你在那个房间等一等。现在我们和他一起去看沙萨。你就这个样子闯到别人家来,你应该感到难为情!

伊凡 (向安娜·彼得洛芙娜)安娜,您有罪过!上帝不会饶恕你的!她是青年人,没有经验……

特里列茨基 (把他拉向另一个房间)到那边去等!(向普拉东诺夫)您想走吗?

普拉东诺夫 我病了……病得不轻,尼古拉!

特里列茨基 想不想走,我问您?

普拉东诺夫 (站起)少说话……不怕嘴干了?咱们走……我好像没有戴帽子来……(坐下)找找我的帽子!

索菲娅 他应该预见到这个。我不假思索地交给了他……我知道我毁了丈夫,但我……为了他不惜一切!(站起,走近普拉东诺夫)您是怎么对待我的?(哭)

特里列茨基 (抱住自己的头)麻烦了!(在舞台上踱步)

安娜 索菲娅,平静一下!现在不是时候……他正病着。

索菲娅 能像这样侮辱整个人的生命吗?这符合人性吗?(坐在普拉东诺夫身边)要知道我的全部生活都完蛋了……我现在都活不了啦……救救我,普拉东诺夫!现在还不晚!普拉东诺夫,还不晚!(停顿)

安娜 (哭泣)索菲娅……您想干什么?您还有机会……他现在能对您说什么?难道您没有听到……没有听到?

索菲娅 普拉东诺夫……再一次请求您……(恸哭)行吗?

　　[普拉东诺夫走开。

索菲娅 不要这样……这样不好……(跪下)普拉东诺夫!

安娜 索菲娅,这已经过分了!您不能这样做!谁也不必……下跪……(扶起她,让她坐下)您……女人!

索菲娅 (哭)请您告诉他……请您说服他……

安娜 您要理智起来……应该……坚强……您是女人!哪……够了!回自己的房间吧。(停顿)走吧,躺到床上去……(向特里列茨基)尼古拉·伊凡诺维奇!怎么办?

特里列茨基 关于这个可以问我亲爱的米沙!(在舞台上踱步)

安娜 咱们把她送到床上!谢尔盖!尼古拉·伊凡诺维奇!来帮帮我,好吗!

　　[沃依尼采夫站起,走向索菲娅。

特里列茨基　咱们送她走,你给点镇静剂。

安娜　我自己也想吃点镇静药……(向沃依尼采夫)谢尔盖,拿点男子汉的样子出来!至少你不能倒下!我也不比你好过,但是,我还能挺得住……索菲娅,咱们走!遇到了这样的日子……

　　　〔众人扶着索菲娅走。

安娜　坚强一点,谢尔盖!让我们像个人的样子!

沃依尼采夫　妈妈,我尽量,我挺得住……

特里列茨基　谢尔盖兄弟,不要悲伤!我们好歹能挺过来的!你不是头一个,也不是最后一个!

沃依尼采夫　我尽可能……是的,我尽可能……

　　　〔他们下场。

十一

普拉东诺夫,然后格列科娃上。

普拉东诺夫　(独自一人)尼古拉,给我烟和水!(环顾)他们走了?该走了……(停顿)我毁灭了软弱的、无辜的女人……如果我用另外一种方式毁灭她们,比方是在狂热的激情之下,是用西班牙的方式,那么还不算遗憾,而我是用俄国的方式毁灭了她们,有点愚蠢……(在眼前挥手)飞来飞去的苍蝇……云彩……我大概在说梦话……我被压垮了,压扁了,揉皱了……莫非早就失去自我了？（用手掩脸）可耻，非常可耻……为这耻辱而痛苦！（站起）本来很饿，很冷，筋疲力尽了，走投无路了，然后来到这里……他们给了我温暖的角落，给我衣服穿，给我体贴……我是这么回报的！但我病了……不妙……得打死自己了……（走向桌子）挑选吧，整个一个武器库……（拿一把手枪）哈姆雷特害怕做梦……我害怕……生活！如果我还活着，将会发生什么？耻辱难忍……（把手枪对准太阳穴）戏演完了！又少一个聪明的畜生！上帝，饶恕我的罪过！（停顿）哪？这么说，现在就死……现在，手痛得厉害……（停顿）没有力量!!（把手枪放到桌子上）想活……（坐在沙发上）想活下去……（格列科娃上）来点水……特里列茨基在哪？（看格列科娃）这是谁？啊……啊……（笑）最凶恶的敌人……咱们明天上法院？（停顿）

格列科娃 但有了那封信之后，我们就已经不是敌人了。

普拉东诺夫 这一样，有水吗？

格列科娃 您要水？您怎么啦？

普拉东诺夫 病了……我要得热病……我喜欢这个，很聪明，但如果您与我完全没有联系，那就更聪明了……我想自杀……（笑）没有成功……本能……自己的智慧，自己的本性……您眼尖！您是个聪明的女人吧！（吻她的手）手有点冷……您听我说……

您愿意听我说吗?

格列科娃 愿意,愿意……

普拉东诺夫 把我领到您家去吧!我病了,想喝水,很痛苦,无法忍受!我想睡觉,但没有睡觉的地方……把我哪怕安置在板棚里,只要有块地方,有水还有……有点金鸡纳霜药,就这样!(伸过手)

格列科娃 咱们走!我很愿意!您可以住在我那里,住多久都可以……您还不知道我做了什么!咱们走!

普拉东诺夫 谢谢,聪明的姑娘,香烟、凉水和床铺!外边下雨吗?

格列科娃 下雨。

普拉东诺夫 只好冒雨前往了……我们不打官司了。和平!(瞧着她)我在说梦话?

格列科娃 完全不是,咱们走!我的马车带篷的。

普拉东诺夫 好姑娘……你怎么脸红了?我不招惹你,我吻吻你的冰冷的手……(吻她的手,把她拥进自己的怀里)

格列科娃 (坐在他膝盖上)不……不要这样……(站起)咱们走……您的面孔很怪……放开手!

普拉东诺夫 病了。(站起)我们走……给我脸颊……(吻她的脸颊)没有别的用意,我不能够……不过,这是鸡毛蒜皮的事,咱们走,玛丽雅·叶菲莫芙娜!快一点!瞧……我曾经想用这把手枪自杀……来,面颊……(吻她的面颊)我在说梦话,但我看得见您的面孔……我爱所有的人!所有的人!我也爱

您……对于我来说，人比什么都宝贵……我不想得罪任何人，但我得罪了……所有的人……（吻她的手）

格列科娃 我全明白了……我理解您的处境……索菲娅……是吗？

普拉东诺夫 索菲娅，奇奇娅，米米娅，玛丽雅……你们人很多……我全爱……上大学的时候，也常去剧场广场……对风尘女子说过好话……别人在剧院，而我在广场……我曾经把一个叫拉伊莎的妓女赎出来……我和几个大学生积攒了三百卢布还把另一个妓女赎出来了……把她的信给您看看？

格列科娃 您怎么啦？

普拉东诺夫 您以为我发疯了？不，是这样……梦呓……您去问问特里列茨基（抓住她的肩膀），大家也都爱我……所有的人！有时你出言不逊，但……他们照样爱……比如，我得罪了格列科娃，把她推到桌子上了，但……她还是爱，您，就是格列科娃本人……不好意思……

格列科娃 您哪里痛？

普拉东诺夫 普拉东诺夫在痛。您是爱我的吧？您爱吗？坦率地……我什么也不想……您只是告诉我，您爱吗？

格列科娃 爱……（把头埋在他怀里）爱……

普拉东诺夫 （吻她的头）都爱……等到身体好了，我再腐化……先把好话说了，而现在该腐化……

格列科娃 对我反正一样……我什么也不需要……仅仅是你……一个人。我不想知道其他的人!你对我做什么都可以……仅仅是你一个人!(哭)

普拉东诺夫 我理解那个挖去自己眼睛的俄狄浦斯王了!我多么卑鄙,又是多么深切地知道自己的卑鄙!请离开我!不值得的……我是病人。(松开拥抱)我现在走……请原谅我,玛丽雅·叶菲莫芙娜!我要发疯了!特里列茨基在哪?

[索菲娅·叶戈洛芙娜上。

十二

上一场的人物和索菲亚·叶戈洛芙娜。

索菲娅走近桌子,在桌子上翻找东西。

格列科娃 (抓住普拉东诺夫的手)啊……(停顿)

[索菲娅拿起手枪,朝普拉东诺夫开枪,没有射中。

格列科娃 (站在普拉东诺夫和索菲娅之间)您干什么?!(大叫)来人啊!快来人啊!

索菲娅 您放开……

[绕过格列科娃,用枪口顶着普拉东诺夫的胸膛射击。

普拉东诺夫 您等一等,您等一等……为什么会是这样?(倒下)

〔安娜·彼得洛芙娜,伊凡·伊凡诺维奇,特里列茨基和沃依尼采夫跑上。

十三

上一场的人物,安娜·彼得洛芙娜,特里列茨基,沃依尼采夫,后来还有仆人和马尔科。

安娜 (从索菲娅手中夺过手枪,把她推倒在沙发)普拉东诺夫!(俯身向普拉东诺夫)

〔沃依尼采夫用手掩脸,身子转向房门。

特里列茨基 (俯身向普拉东诺夫,迅速地解开他的礼服)米哈依尔·瓦西里耶维奇?你听得到吗?(停顿)

安娜 看在上帝的分上,普拉东诺夫!米沙……米沙!快点,特里列茨基……

特里列茨基 (大声)来点水!

格列科娃 (给他长颈瓶)救救他!他能救他!(在舞台上踱步)

〔特里列茨基喝水,把长瓶子放到一边。

伊凡 (抱住自己的头)要知道,是他自己说要死的?咯,真死了!真死了!(跪下)万能的上帝!死了……死了……

〔雅可夫，瓦西里，卡嘉和厨师跑上。

马尔科 （上）调解法庭……（停顿）

安娜 普拉东诺夫！

〔普拉东诺夫稍稍坐起，用眼睛扫视大家。

安娜 普拉东诺夫……这没有什么……喝点水！

普拉东诺夫 （指指马尔科）给他三个卢布！（躺下，死去）

安娜 谢尔盖，坚强一点！全都会过去的，尼古拉·伊凡诺维奇……一切都会过去的……坚强一点……

卡嘉 （跪在安娜·彼得洛芙娜脚边）都是我不好！我把纸条拿来了！我贪钱了，夫人！饶恕我这个罪人吧！

安娜 镇定一点……为什么惊慌失措？他不过是……还有治……

特里列茨基 （大叫）他死了！

安娜 不，不……

〔格列科娃坐在桌子边，看字条，痛苦地哭泣。

伊凡 安息吧……死了……死了……

特里列茨基 生命是一个戈比！米沙，永别了！你的戈比消失了！你们还看个什么？自己打死了自己！全都散伙了！（哭）现在我们和谁一起为你的亡灵喝酒！噢，傻瓜！我们没有能保护好普拉东诺夫！（站起）父亲，你去告诉沙萨，让她也死吧！（摇晃着身子，走向沃依尼采夫）你怎么啦？哎嘿！（拥抱沃依尼采夫）普拉东诺夫死了！（哭泣）

沃依尼采夫 尼古拉，怎么办？

特里列茨基 把死人埋好,把活人治好!

安娜 (慢慢站起,走向索菲娅)索菲娅,平静一下!(哭)您干了什么?尼古拉·伊凡诺维奇,什么也不要对阿历克山德拉·伊凡诺芙娜说!我自己来对她说!(走向普拉东诺夫,跪在他的面前)普拉东诺夫!我的生命!我不相信!要知道,你还没有死?(抓起他的手)我的生命!

特里列茨基 谢尔盖,干正事儿!咱们帮帮你的妻子,然后……

沃依尼采夫 是的,是的,是的……(走向索菲娅)

伊凡 上帝忘了……因为罪过,因为我的罪过……为什么犯了罪,老丑角?我杀害了生灵,我酗酒,说下流话……上帝忍耐不了啦,给了一个打击。

——幕落

Антон Павлович Чехов
Безотцовщина

图书在版编目（CIP）数据

没有父亲的人/（俄罗斯）安东·巴甫洛维奇·契诃夫著；童道明译. —上海：上海译文出版社，2024.6
（契诃夫戏剧全集：名家导赏版；6）
ISBN 978-7-5327-9584-0

Ⅰ.①没… Ⅱ.①安…②童… Ⅲ.①多幕剧-剧本-俄罗斯-近代 Ⅳ.①I512.34

中国国家版本馆 CIP 数据核字（2024）第 097780 号

没有父亲的人	Антон Павлович Чехов	出版统筹 赵武平
契诃夫戏剧全集6	［俄］安东·巴甫洛维奇·契诃夫 著	策划编辑 陈飞雪
名家导赏版	童道明 译	责任编辑 邹滢
		装帧设计 张擎天

上海译文出版社有限公司出版、发行
网址：www.yiwen.com.cn
201101　上海市闵行区号景路 159 弄 B 座
上海市崇明县裕安印刷厂印刷

开本 787×1092　印张 8　插页 3　字数 106,000
2024 年 6 月第 1 版　2024 年 6 月第 1 次印刷
印数：0,001—7,000 册

ISBN 978-7-5327-9584-0/I·6007
定价：45.00 元

本书中文简体字专有出版权归本社独家所有，未经本社同意不得转载、摘编或复制
如有质量问题，请与承印厂质量科联系，T: 021-59404766